广州火车站的日与夜

黑镜头下的广州火车站【2000-2011】

梁文祥　李利群　李楠◎著

摄影◎梁文祥

南方日报出版社
NANFANG DAILY PRESS
中国·广州

图书在版编目（CIP）数据

广州火车站的日与夜:黑镜头下的广州火车站（2000—2011）/ 梁文祥，李利群，李楠著；梁文祥摄影. —广州：南方日报出版社，2013.6
ISBN 978-7-5491-0882-4

Ⅰ. ①广… Ⅱ. ①梁… ②李… ③李… Ⅲ. ①报告文学—中国—当代 Ⅳ. ①I25

中国版本图书馆 CIP 数据核字(2013)第 132263 号

广州火车站的日与夜:黑镜头下的广州火车站（2000—2011）
梁文祥,李利群,李楠 著　梁文祥 摄影

出版发行：南方日报出版社
地　　址：广州市广州大道中 289 号
电　　话：（020）83000502
经　　销：全国新华书店
印　　刷：广东信源彩色印务有限公司
开　　本：787mm×1092mm　1/16
印　　张：17.75
字　　数：240 千字
版　　次：2013 年 7 月第 1 版
印　　次：2013 年 7 月第 1 次印刷
定　　价：35.00 元

投稿热线：（020）83000503　读者热线：（020）83000502

网址：http://www.nfdailypress.com/

发现印装质量问题，影响阅读，请与承印厂联系调换

目 录

序一

黑镜头中的底层视角与人性立场

□李公明

摄影术的发明不仅改变了我们观看世界的方式，还改变了人与社会的关系；任何一部摄影史中的摄影与社会的关系，无不证实摄影“具有能形成我们的看法、影响我们的行动以及解释我们的社会这样一种能力”（吉泽尔·弗伦德语）。

在很长一段历史时期内，中国的新闻摄影与社会之间的形成看法、影响行动、解释社会的能力是极端单向的、强制性的和异化的，新闻摄影成了主流意志的传声筒和粉饰机器。最典型的事例之一是1976年7月唐山大地震时的中国新闻摄影，图片报道要反映救灾而不见灾，不准拍死人等灾情，这是中国新闻摄影史上永远的痛。当代中国新闻摄影的发展良机是在改革开放以后，急剧的社会转型、无处不在的社会裂变，尤其是意识形态控制观念的某些变化，为新闻摄影带来了前所未有的视野、焦点和干预生活的力量与价值。在这种巨大的时代变迁中，服务于媒体的新闻摄影记者被赋予了真正服务时代与社会的可能性，摄影与社会相互影响的时代终于降临。

许多新闻摄影记者迈向社会的起点或许有一种独特的经历，在这种经历中跳动的往往就是社会的脉搏。

梁文祥先生迈向新闻摄影工作岗位的起点，是南方日报摄影部的暗房室。这似乎是一个具有某种象征性的预兆：他首先要潜行在社会底层最幽暗的角落和地段，背负着一个非常特殊而又绝望的群体的生死问题，要在黑暗中摸索着通向光明的路径；他似乎注定要从火车站广场的黑夜出发，要穿越危险与犯罪的隧道，走向真正的黎明。当然，有人可能会想到的是，当他最初发现这个在火车站广场的吸毒者世界的时候，在潜意识里是否曾带有一种新闻猎奇的眼光或者意识到这是一个实现新闻摄影记者梦想的机会？通过对新闻摄影家成长经历的研究发现，类似的疑问不但是合理的，而且往往成为不少研究个案的叙述框架中的引言。但是对梁文祥而言，我觉得这种叙述框架未必是有依据的，因为从他的日后创作经历和他在这本书的论述中，我所感受到的是可能存在着另外一种更合理的问题意识和叙述框架：他是那么自然、朴实地走进这个黑镜头下的世界，他的问题可能是属于另一种类型的。

作为一名对视觉景象特别敏感的摄影记者，梁文祥最初是被这样触目惊心的一幕击中：一个倒毙在广州火车站广场上的吸毒者，被治管人员当作无名尸体拖走。“死者最后留给世界的痛苦表情深深地触动了我的心弦，我决心用相机将这背后的黑幕揭开。连续一个月，我冒着生命危险，连拍30多个胶卷，用镜头记录了鲜为人知的广场吸毒者的真实生活”（作者自述）。毫无疑问，这样的追踪拍摄的起因充满了人性的关怀和新闻人的职业责任感，梁文祥具备了一个新闻人必须具备和坚守的精神素质。但是，他的选择无疑充满了挑战和很大的风险，而且他的选择已经把他引向了新闻摄影与社会改造的激烈交锋的前沿地带。

梁文祥在火车站广场上对吸毒者群体的暗访是通过与他们结交、帮他们暂时解困的方式进行的，危险性很大。暗访前他买了保险、写下遗书、处理了一些重要的个人事情，这通常是当卧底的处理方式。与吸毒者、艾滋病患者和“背包党”等群体近距离接触，还要大量地拍摄他们，作者心理和身体适应方面的挑战都不是一般的社会新闻摄影所能比拟的。梁文祥以他的方式回应了这种挑战。黑镜头下的吸毒者群体的曝光，产生了极大的社会反响，新闻摄影充当了治理火车站广场“脏、乱、差”行动的催化剂。

本书是梁文祥的这段拍摄历程的忠实记录，也是一份很生动的城市广场吸毒者调查文献。从新闻摄影的角度来看，拍摄者与被拍摄者的身份差异和交往的关系尤其值得思考。身份差异对交往中的冲突和融合具有多重影响，疏离、敌视、恐惧等情绪是必然产生的，但是另一方面也必然产生信任、寄托希望的心理活动，这都是因为在这种身份差异的背后存在着巨大的社会冷漠和制度盲点。

在黑镜头的聚焦视野中，我们还震惊于某些公共管理部门的冷漠与失职。作者认识的吸毒者阿伟非常担心自己染上艾滋病，他对作者说："你带我去检查吧，如果我没染上那病我就坚决戒毒，再也不吸了。""他恳求着。面对着一个渴望重生的吸毒者，我决定帮他。"但是，"我打了电话给救助站，救助站叫我找120；我打给120，120叫我找110；我打给110，110叫我找流花派出所，说这归他们管；流花派出所叫我找火车站派出所，说这是由火车站派出所管辖的；火车站派出所说归流花派出所管……"最后作者只好决定自己带他去检查。这样的事情后来又再次出现，又是新一轮的扯皮和推诿。连公共管理机构在面对本属自己职责范围的求助时都如此冷漠，难怪在火车站地区的工作人员能每天目睹着这些吸毒者的违法行为和痛苦情状而无动于衷，一个帽子上镶有国徽的工作人员麻木地看着吸毒者阿伟在一汪汪积水的地面上艰难挪动一个多小时却只前进了十几米，这是真实地出现在广州火车站广场的情景，它折射出当前中国最严重的问题：人性的沦丧。

新闻摄影面向社会的镜头，一个很重要的视角是底层视角，而高于一切的立场则是人性立场。梁文祥广州火车站10年影像记录就是对底层视角和人性立场的很好的阐释。在他的影像中，人性立场固然体现在拍摄动机中，但是也必然遇到拍摄伦理的尖锐的挑战。拍摄与被拍摄的伦理冲突表现为如何真实地反映出人的命运和社会的问题，同时又必须尊重生命个体的尊严。在这里，任何简单地以职业任务为理由的辩解都难以经受人性立场的质疑；在这里，只能以拍摄者个人对人性伦理的最高原则和最低要求来把握自己的摄影行为，只能以自己内心的情感去面对自己的拍摄对象。在梁文祥拍摄的图像中，没有什么刻意放大和渲染的绝望、痛苦或丑陋，而更多地让人们看到的是吸毒者、艾滋病患者的求生意志和希望的眼神。

梁文祥用镜头见证了广州火车站这个特殊的空间场所的变迁，见证了一个特殊群体的命运，这些都已经成为广州城市发展史上不应被遗忘的一页。让新闻摄影成为推动社会进步、人性提升的重要途径，这是每一位新闻摄影人所能期盼的最有价值的奖赏。

（作者为广州美术学院美术学系主任、教授）

序二

“毒”故事背后隐含新闻人精神

□范以锦

梁文祥新作《广州火车站的日与夜》，对我来说并不陌生，十年前他与同事李楠就出了图文兼备的《独闯毒穴》一书。十年之后的这部新作，是前部作品的延续，也是一个新闻人对专业精神执著追求的真实写照。

梁文祥起初只是随着“民工潮”从江西农村进入广州的，先从保安干起，并不惹人注目。1993年，一个偶然的机会让他进入了南方日报摄影部暗房工作。南方日报摄影部聚集了一批爱业敬业的摄影精英，在这种环境的耳濡目染下,梁文祥对新闻摄影产生了浓厚兴趣。他参加了摄影专业的进修学习，并常拿着一部“破”相机转悠，将“找”到的新闻拍下来，在《南方日报》、《南方都市报》上陆续发表了一些作品，积累了一定的拍摄经验。在转悠中，他意外获取了有较高价值的新闻信息。那是在2000年的时候，他在广州火车站及周边一带发现了吸毒群体，震惊之余他潜入这个群体中，以“交友”、“帮助”等方式，进行了为期近一个月的调查拍摄。当图片出现在南方日报摄影部同事面前时，大家都很震憾，既为祖国南大门的窗口竟然有那么污秽的事情而感到不可思议，也为梁文祥不顾个人安危拍摄出如此有价值的作品而由衷敬佩。摄影部负责人经过斟酌选材，认定是重大题材报道，因是披露阴暗面的，需送报社领导审定。我时任总编辑，觉得虽是阴暗面的题材，但有积极的意义，关键是选择怎样的角度去报道。如果题材展示的是“从吸毒走向困境、再走上死亡”的内容，突出“珍爱生命，远离毒品”的主题，这无疑有积极的社会意义。于是，与摄影部的同事们商议之后，我们决定用大篇幅进行刊登。我们还决定与执法部门联系，使后续报道能顺利跟进，扩大报道的正效应。梁文祥的成名之作《茫茫人海见毒瘤——发生在广州火车站广场和周边地区触目惊心的一幕》，于2000年2月17日在《南方日报》上刊出，次日又报道了警方重拳出击拉开扫毒清污行动的序幕。那时，中共中央政治局委员、广东省委书记李长春在三访火车站广场后，也批示要彻底整治。所以，《南方日报》的这一重头报道正好配合了广东高层的决策，读者也赞赏有加，取得了良好的社会效果。经整治，广州火车站及周边治安环境得到很大改善，省公安厅为此给梁文祥颁发了“维护社会治安奖”，该报道还被评为全国及广东省新闻一等奖。其后，由梁文祥摄影、李楠文字解说的《独闯毒穴——一名摄影记者卧底毒窝30天》一书出版，还举办了以梁文祥的图片为内容的

“珍爱生命，远离毒品”摄影展，引起了强烈的社会反响。梁文祥的个人命运由此改变，他评上了职称，走出了摄影部的暗房，正式从事摄影记者的工作。

这次采访，使梁文祥对广州火车站有了一种特殊的情结，他依然背着相机到这里转悠，目睹整治后的变化，也看到了积疴难愈的问题，更发现吸毒贩毒在这里“死灰复燃”。一个个熟悉和不熟悉的面孔在他身边晃荡，一幅幅真情实景走进了他的镜头。他多次向有关部门反映情况，报社也陆续刊出相关报道及内参。警方展开了“剑兰行动”，不断开展“清污”，更有政府统一组织的多方面的综合整治，加上举办亚运东风的推动，广州火车站及周边有了根本性的改观，吸毒者的“面孔”已很难发现了。十年来，梁文祥的镜头中既有阴暗角落的披露，也有光明面的展示。2010年2月8日，《南方日报》刊登的梁文祥以《十年，换了人间》为主题的作品，就是对广州火车站十年变迁的“光明”展示。用舆论力量推动广州变得更靓丽，这正是梁文祥作为新闻人之所以高度关注广州火车站的出发点，也是他追求的目标。

由于有了这十年对广州火车站及周边地区持续关注的积累，因而在《独闯毒穴》出版十年之后，梁文祥又有了新作《广州火车站的日与夜》问世。从表面来看这部作品还是与毒品有关，但沉下心来细读，却会感到这不是一般的延续。此次采访比以前有更为艰难的方面，广场上有的吸毒人员认识他，抱怨梁文祥曝了他们的光，而且贩毒分子也非常狡猾凶狠，对梁文祥的人身安全来说是一个威胁；梁文祥上回卧底时还是单身汉，现在有了家庭，多了一份牵挂和压力。然而，这些都无法阻挡梁文祥的执著追求，他甚至曾和同事冒险探查王圣堂一带的毒贩。

由是观之，与其说梁文祥的新作在延续“毒”的故事，还不如说延续自己在新闻路上的轨迹。“毒”故事背后隐含的是新闻人的精神。

（作者为暨南大学新闻与传播学院院长、教授、博士生导师）

自序

关注，没有终点

广东，中国的南大门，改革开放首开先河之地。广州火车站，是广东的窗口、时代的血管，是中国客运量最多的火车站点之一。

20世纪80年代，伴随着改革开放的脚步，广东开始吸引全国各地的打工创业者。连接港澳和内地的广州，成为人流、物流中转的交通中心，广州火车站也因此成为枢纽站点。而广州火车站的周边，则聚集着数个当地最大型的汽车客运站，批发商场林立，来往人流蚁聚，环境混杂不堪。繁茂商业圈产生的商业收益，来往客流所携的财物，以及熙熙攘攘的外部环境，不免吸引了一些坑蒙拐骗抢劫者长年寄生于此。一时，广州火车站广场及其周边鱼龙混杂，成为广州治安最复杂的地区，潜伏着极大的社会隐患。

我对广州火车站的关注始于2000年，这一年的流行称谓是“千禧年”。

是年初，我深入暗访，意外发现了令人触目惊心的一幕：一个倒毙在广场上的吸毒者，被治管人员当作无名尸体拖走！死者最后留给世界的痛苦表情深深地触动了我的心弦，我决心用相机将这背后的黑幕揭开。连续一个月，我冒着生命危险，连拍30多个胶卷，用镜头记录了鲜为人知的广场吸毒者的真实生活。

这是一个怎样的群体啊！那一个个满身疮伤的瘾君子，那一幕幕随时随地注射毒品的情景，那一秒秒吸毒后享受“坐飞机”的快感。他们在街边痛苦地生活，他们的灵魂堕落扭曲。

我拍的第一个吸毒者是黑龙江人。他吹自己是黑社会头子，有一百多个“马仔”，要我当心点。他原先是个票贩子，炒着炒着就吸上了毒，老婆也离了，孩子交给老人养。我问他能不能戒毒，“戒？管什么用，骨头都黑了，过一天算一天吧！”他无所谓地说。

广场吸毒者大约一百来人，平时裹着破棉絮、旧报纸，垫着草席、砖头，蜷缩在广场的栅栏边、大钟下、墙基旁。他们每顿最多只吃两块钱的盒饭，吸食的白粉却18元钱一包。毒品多半来自距广场北部不远的市郊，转第一手时，500克海洛因会掺入一些杂质，变成1000克；转第二手时就变成了2000克；等到了广场时，已经过了七八道手，每包的海洛因只有0.01克，纯度并不高。大多数吸毒者每天注射三次毒品，除中午回附近的窝点走马岗注射外，早晚都在广场上进行。有些人则躲在厕所里“追龙”（吸毒的一种方式）。

更让我心情沉重的是，有些吸毒者是未成年人，最小的才12岁。他们彼此以籍贯或绰号相称，如“小河北”、“小新疆”、“酒鬼”等等。“小新疆”才19岁，自幼父母离异，被一名河南人收养，从此浪迹广州火车站，已有8年吸毒史。

吸毒者谋取毒资的方法是“做生意”。除了一些毒贩以贩养吸外，吸毒者常用的方法是拿一叠火车时刻表向旅客派送，一旦有人顺手接过时便向其索取钱财，少则几十元，多则上百元。受害者稍有不从，呼地便上来几人迫其就范。这还算好的，有些吸毒者干脆就在光天化日之下明火抢劫。

1个月后，即2000年2月17日，在领导和同事的帮助、支持下，我的摄影专版《茫茫人海见毒瘤——广州火车站、广场及周边触目惊心的一幕》终于在《南方日报》刊登，并在读者之中激起巨大涟漪。广东省中山图书馆迅速与报业集团合作，举办《梁文祥卧底拍摄吸毒作品展》，8万人的观展量创下该馆自布展以来的最高纪录。而观众，留下十几大本留言，呼吁“珍爱生命，远离毒品”。照片中的几位瘾君子甚至也到过现场，在留言本上写道：“后悔!!!!!”后面5个大大的惊叹号表达了他们的心声。后来，时任中共中央政治局委员、广东省委书记李长春也三度微服探访广州火车站地区，并多次作出指示，要求全面整治火车站治安，并指出对“越是犯罪突出的治安混乱地区，越要体现重典治乱”。媒体和执法部门的联动，终于揭开广州火车站扫毒清污大整治行动的序幕。

我与广州火车站自此结下深厚缘份。我定下了自己人生的第一份职业规划：时刻紧密关注广州火车站，关注与她相关的人群和社会。我要用镜头认真捕捉每一个典型性瞬间，由表及里，力图还原火热的时代脉搏，发现厚重的社会内容，诠释不一般的历史内涵。

现在看来，一切美丽的蝶变，都需要长时间的努力和坚持。在长达12年的镜头记录中，我见证了太多违法者的悲哀与丑恶，重典治乱的沉重与艰难。第一组照片见报后，广州公安出动大量警力，对广州火车站进行大力清查，周边吸毒犯罪现象一度减少。然而事实上，由于此地客流量巨大，环境复杂，且警力匮乏，监管无力，各种丑恶现象不久又卷土重现。2001年后，吸毒客部分死亡，不少吸毒客卷土重来，偶尔还可见艾滋病的可怕阴影；广场上的坑蒙拐骗现象屡禁难绝，专门背着假行李进行诈骗偷抢的“背包党”猖獗一时。这些后来都被我拍成《镜头下的震撼》、《吸毒群落》、《救赎之路》、《失落的梦——广州火车站流浪儿童的故事》、《相依相偎度残生——一对因吸毒而感染艾滋病的夫妻》、《不归路上的夫妻》、《十年蝶变》等摄影专题，陆续见诸《南方日报》、《南方周末》等报。全国各大报刊转载如潮。后期，考虑到整治效果，我还以内参形式发过不少有关广州火车站的摄影报道，得到各级领导的重视和肯定。

而我自己，也同样承受着生命的危险、时间的考验以及身份公开带来的压力。12年间，我已从一个单身青年变成一个上有老下有小的中年男人，而每次出发拍摄，我都会犹豫一阵儿：上午去了，下午还能回来吗？可一到广场上，所见所闻使我欲罢不能地按下快门。暗访前，我给自己买了保险，写下遗书，交待自己没有做完的几件事，把不多的积蓄留给父母养老。吸毒者、背包党、做非法勾当的大多是地头蛇，我便受到过吸毒者以弹簧刀顶住脖子的试探性威胁。一些吸毒者患有艾滋病，但为了拍摄，我只能与其近距离接触。回到家后，我没有洗手没有换衣服，甚至都不敢抱一抱迎面扑来的小孩。虽然我很清楚艾滋病的传播途径。我还被公安当作吸毒人员抓过，因为怕暴露身份。但这并不可怕，可怕的是我身份公开之后再度遭遇吸毒者。有些被拍过的吸毒者认出了拍照的我，立刻起身把注射器拔出，握在手上追着我喊："马上删掉，我有艾滋病，不然扎你一针！"诱惑同样存在。有一次，我头疼很不舒服，有个吸毒者就递上一包毒品说："大哥，怎么了？不舒服啊，要不要来这个？这个可以止疼。"但我谢绝了。

12年过去，我的恐惧神经已经变得像石头一样麻木，但我镜头的兴趣点从未发生过偏移。那就是我所钟爱的广州火车站，中国南大门的窗口。

如今，让我感到欣慰的是，经过社会各界12年的努力，广州火车站的形象已经发生了巨大的变化。过去人们对她的混乱的印象、对她的恐惧和厌恶的心理已慢慢改变，越来越多的美好故事开始上演。

2005、2006年，当地政府加大力度整治广州火车站，制定并实施诸如重划管辖范围，开展地毯式清查，在广场上设置政府公用电话等办事点，派警车在广场上24小时巡逻，安装既监视犯罪分子也监督执法者的摄像头，增设派出所等措施，这样一来坑抢偷骗现象大为减少，吸毒现象基本绝迹。2008年春节前，急于回家过年的游子被百年一遇的冰雪灾害阻挡在广州火车站，几十万人滞留广州，将广州变成人海城市。但经过几年整治和洗礼的广州火车站，并没有出现混乱失控的局面，做到安全有序地分流输送旅客，顺利度过了这场灾害。2009年春运，广州火车站在相对平静中度过，广场上支起了大面积的遮雨棚,刮风下雨时旅客们不用再重复上年在寒风冷雨中颤栗的经历了。2010年1月30日，命名为“广州南站”的新火车站站点已经启用。红色书写站名被寄予美好期待，具有最新、最完备设计和先进管理的南站是亚洲可容纳客运量最大的火车站，将逐步取代老站成为广东的交通枢纽点。假以时日，广州火车站将不复昔日的繁忙和混乱。

我不敢说，广州火车站的形象改变有我的一份功劳。但我能够说，只要能为广州火车站的面貌改变尽一份绵薄之力，为中国南大门窗口的形象起一份美化作用，让我冒再多的险，流再多的汗，我都会觉得值，很值！尽管广东省维护社会治安基金会后来发给我2000元奖励金，报社也给我评了先进，但是我的初衷仅仅是希望广州火车站会变得更加美好，更能代表中国南大门的形象，让打工创业者、旅游者、外国友人在此感到舒心、亲切，不能让她变成违法犯罪者的温床、未成年人的大染缸。当时不少外国媒体要买我的照片，要求我出国办展览，但我顾及祖国形象，都婉言拒绝。我甚至还放弃了参加世界新闻摄影比赛（通称“荷赛”）的宝贵机会。现在，站在焕然一新的广州火车站面前，我感到万分欣慰，成就感和自豪感油然而生！

如今的广州火车站一带，仍然是广州最喧闹的地方，来自各地、不同际遇的人们汇集于此，上演着许多悲喜故事。广州火车站，或将重新找准自己的历史定位，不过，她的中国南大门窗口之称却不会发生任何改变，不管过去、现在、还是将来。

作为一名记者，我也将一如既往地以镜头记录广州火车站，关注的目光同样不会发生任何改变，不管过去、现在、还是将来。

第一章
12年前独闯毒穴

2000年春节期间，我和广州火车站结缘。正值我去拍摄例行的春运图片，无意之间发现火车站一带有一群吸毒者。

春节期间，最多的是返家的旅客、疏散人员和维持秩序的工作人员，还有些混在其中的小偷、骗子。在广场，我认识了广州火车站派出所的便衣民警老莫。我在拍照，老莫在广场上反扒，他很豪爽，我们谈得很投缘。在这混乱之中，正是老莫们大显身手的时候。站在拥挤的人潮中，我们总能发现一些让人忍不住多看一眼的镜头。广场上，一个男人斜靠在栏杆上，仰着头闭着眼，嘴上还叼着根烟，烟头上的长灰和火星快要落到他身上了，但他还是一副昏昏然的样子。

我向站在一旁的老莫说："看，那人真够特别，站着睡觉。"老莫见惯不怪地说："这有什么，像他那样的人多了。这里有很多吸毒的，那人是在'坐飞机'。"我大吃一惊，尽管知道当时广州火车站之乱为人诟病，但我从未想过会与毒品有

■ 一个吸毒者在“坐飞机”（“坐飞机”指吸毒后腾云驾雾的感觉）。

关。“现在还有吗？”“有。”老莫问我想不想拍，可以带我去。“不，我还是自己去吧。”我想，自己去看和被作为便衣民警的老莫带着看到的必定是不一样的，我打算先回报社再说。

第二天一大早，我就独自走到大钟底下转了转，发现有一群人围着，在抬一个人，看清楚了才发现，抬的竟是一具尸体。那具尸体瘦骨嶙峋，一头乱草，面庞仍然很年轻，两眼深陷，散发出死亡的气息。

我挤进人群，抓住一个靠得最近的民政部门工作人员。我问："这个人怎么死的？”他似乎对我的这种惊讶司空见惯：“白粉仔，吸毒吸死的呗。每隔几天我们就来抬走一个。”

我观察了一下无名死者腾出的空地周围，又发现一个又一个和那具死尸很相似的人。他们面容枯槁、污秽不堪、衣衫破烂，一对眼睛深陷，眼窝呆滞无光，眼珠子偶尔动动，才看出人还活着。在这繁华的南方都市，人潮交汇的喧嚣之处，毒品竟如此狰狞地携死神夺命。

我要去找老莫，于是向西广场走去。我想知道为什么这些人会来到这里吸上毒并死去。老莫给我介绍了阿钟和阿牛。阿钟是吉林人，阿牛是内蒙古人，他们好奇地看着我胸前挂着的相机，不知道什么用意。我给他们分别递去一根烟，说：“我是搞社会调查的。想对你们这儿的情况了解了解，向有关部门反映。”阿钟和阿牛小心翼翼地望着我。

“接着吧！这是我哥们儿，你们客气点儿，问什么说什么。”老莫说。两个人都连连点头。我拍拍身上的衣服对他们说：“别害怕。你看我这个人就知道，我跟你们差不多，也是穷人家出身，

■ 2003年上半年，在人群中再次见到阿牛，他正和一个旅客搭讪，原先健壮的阿牛如今已变得很瘦。他发现我的目光后就低下头溜走了。

阿钟转悠了大半天，没弄到钱，饿极了，一接到我买的盒饭，就狼吞虎咽吃起来。（2000年拍摄）

到现在，三十好几的人连个老婆都没娶呢。”我身上的西服皱巴巴的，脚上的皮鞋沾满灰尘，头发也有一阵儿没理，整一个盲流样儿，比他们好不到哪儿去。他们这才笑笑，接过烟。我问他们怎么染上毒品的，阿牛说1998年吸上的，阿钟说是1988年，原来有车开，后来吸没了，就在火车站炒票。聊着聊着我得知，阿牛居然跟我同岁，都是1968年出生的。有了相同的话题，气氛也不像刚才那么沉闷了。我说：“这么年轻，干嘛不戒毒？人这一辈子，难免有不顺心的时候，每个人都有，我也有。但是，如果能把不顺心的事情想开，不那么在乎，也就会过去了……”阿牛看了看我，并没有吱声，只是把眼神收回，像是在说，你说得倒简单。

他们告诉我，吸毒者的一日三餐，是一天要“吸食”三次白粉，比吃饭还重要。他们平时都是早晚在广场上“吸食”，中午回西广场后面走马岗的三间旧屋里注射。阿牛表示可以带我去看。我说下次吧。我有些顾虑，对这两个人并不敢轻易相信，自己一个人，不知会遇上什么事，吸毒的人什么事都可能干出来……我要想想。

第二章
写下遗书再出发

我明白，和“毒”打交道真不是好玩的。回到报社，我向部门领导和同事说了自己的打算，他们也很吃惊，叮嘱我注意安全，说了说拍摄要领，叫我记好日记。

我打了个电话给老父老母，告诉他们我不回去过年了。虽然他们没说什么，我知道他们很盼望我回家，我有好几年没回家过年了。不想他们担心，我也没多说什么。我去买了保险。晚上，我写了份遗书，把保险和自己这些年挣的一点钱留给父母和妹妹。

第二天凌晨3点多钟，我就赶到了火车站。这里总会有些人彻夜不眠，等着到站的火车“做生意”。护栏边、大钟下、墙基边还有大树下，流浪的吸毒者们零散地铺着草席砖头，裹着破被、旧报纸似睡非睡，旁边的空地成了“公厕”，还是摆放馊臭盒饭的餐桌。我屏住呼吸走过这群人。一个吸毒者被我惊醒了，坐起来，掏出一支针筒，熟练地对着胳膊扎去。在的士上客站

■ 吸毒者们坐在火车站口旁闲聊，等候到站的旅客。（2000年拍摄）

■ 每天晚上，“瘾君子”和流浪者在广场上一起露宿。（2005年拍摄）

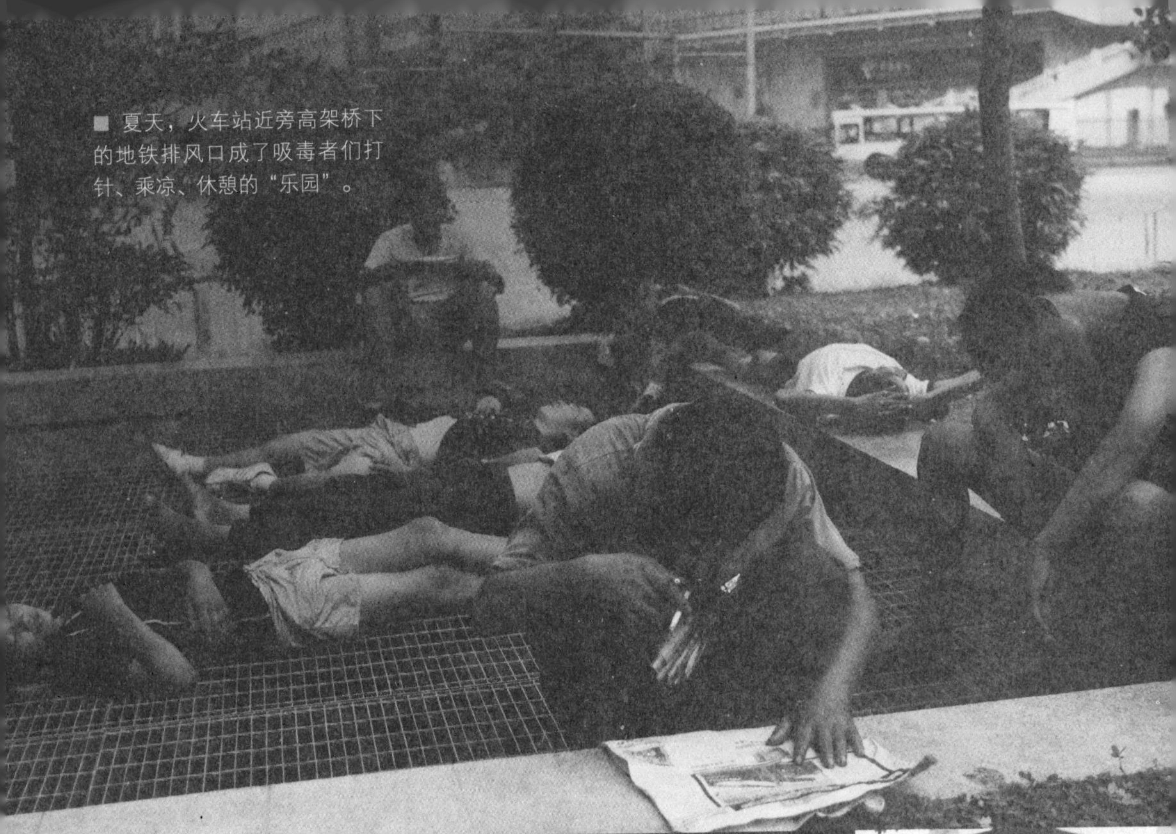

■ 夏天，火车站近旁高架桥下的地铁排风口成了吸毒者们打针、乘凉、休憩的“乐园”。

■ 每天一大早，小毒贩（右侧笑脸）就来到广场等待吸毒者们醒来。（2000年拍摄）

■ 2004年冬，一个2000年“幸存”的吸毒者裹着毛巾被在火车站广场右侧的地中海商场一个排烟口旁取暖。

■ 广场上的空地成了露天“公厕”，这个小毒贩刚上完“公厕”正拄着拐杖离开。（2000年拍摄）

■“坐飞机”。

的护栏边，我又看到一个30来岁“坐飞机”的男人。我拿出相机，拍了几张。旁边有人告诉他：“有人在拍你。”他眼皮一翻，又闭了一会儿才问我：“你拍我干什么？”

“好玩。我从来没见过有人站着也能睡着觉的。”“好玩？你知道我手下马仔有100多个，想不想跟他们玩？”他一副没劲儿的样子，但眼里却带着凶狠。我踱步走开。

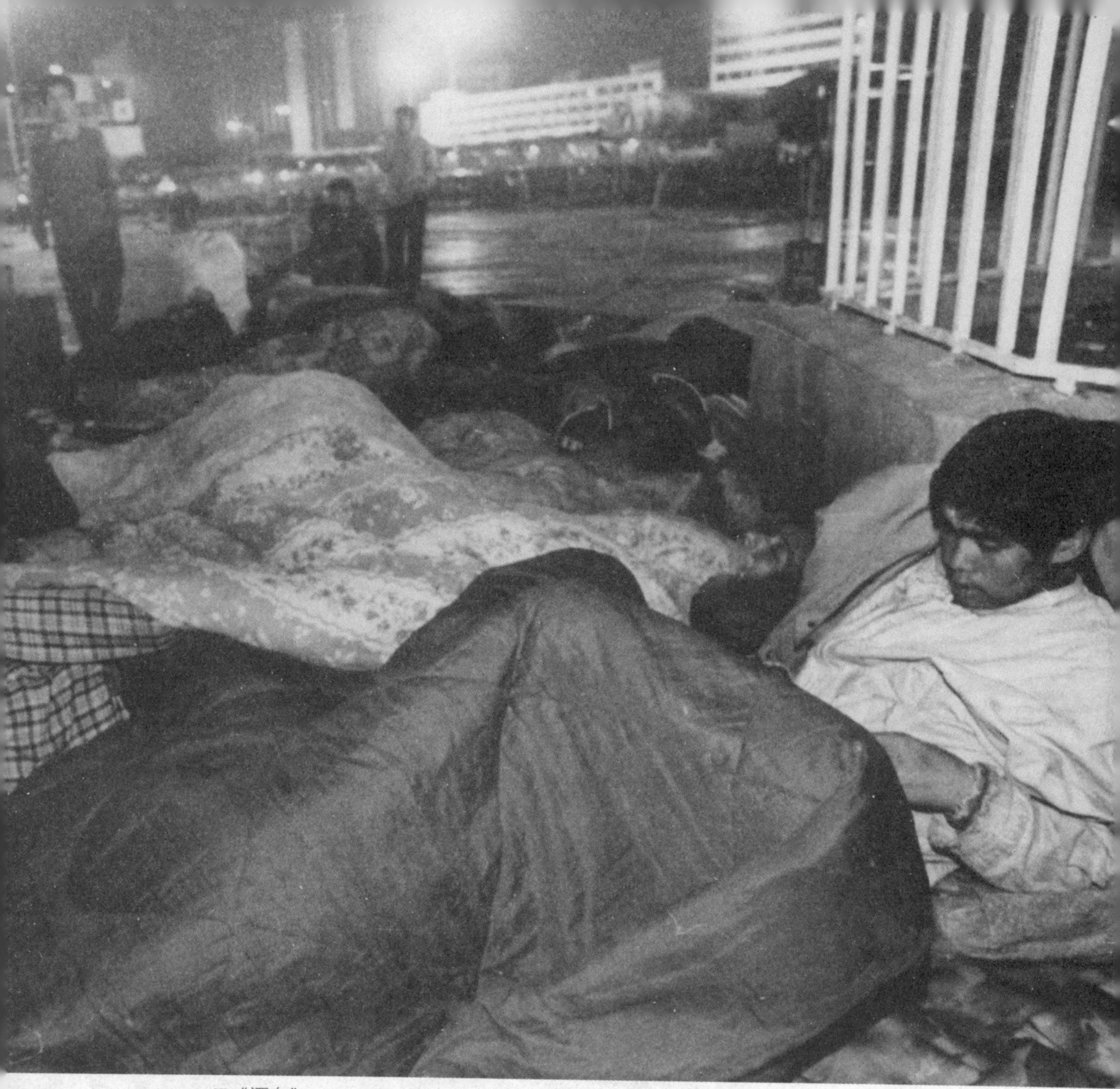

■"酒鬼"。

不远处，我还认识了四川达县的"酒鬼"。25岁的"酒鬼"才吸了一年毒，就面无人色，走不了路，动一动就很痛苦。"酒鬼"向我求助送他回家，我摇摇头，这可不好办。他很失望地扭过头去。我很同情他，或许他只是误入歧途，太想家了，才向我这个陌生人求助。

在广场转悠的另一收获是认识了叫"小四川"的男孩（这里很

■ 来自四川达县的“酒鬼”死在火车站大钟下的护栏边。

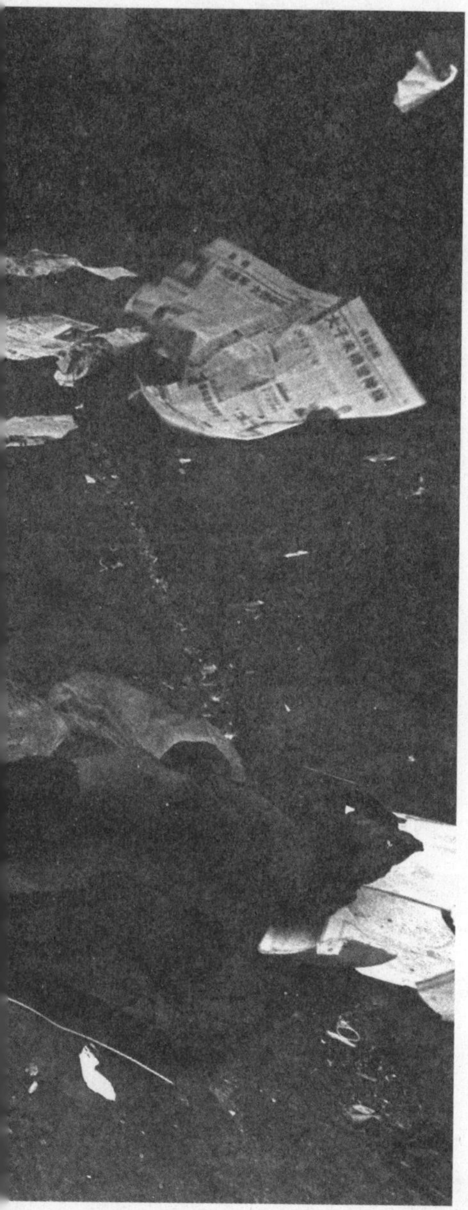

多吸毒者以籍贯互相称呼），他是我除阿钟阿牛之外认识的又一个广场“导游”。“小四川”才16岁，在广场上卖假站台票，没事干时和人赌钱。他很热心，有问必答。“小四川”和我一起在广场上逛，我问他是否认识“酒鬼”。“小四川”告诉我，广场上几乎人人都知道“酒鬼”，因为他和老婆专干抢劫，不分老弱病残，下手狠毒，吸毒者也看不惯。现在病得要死了，老婆也不理他了，自己连最低消费也就是买“一日三餐”的白粉钱也赚不到，动不了了自己都没法去死，每天就挨着等死。听完这番话，我对“酒鬼”的同情顿时烟消云散。

过了几天，我又在广场上见到了“酒鬼”。他躺在一堆衣衫破烂的人中间，穿着一件军大衣，头发乱得像堆杂草，盖着几张破报纸，紧闭着眼似乎在沉睡之中。我走开去办一点事，回来经过广场的大钟下，远远看见一群人抬着一具担架过去了。我一惊，莫非是“酒鬼”？！冲上前一看，真的是他。刚才见到的他，竟已经是一具尸体了！这条死亡之路，他终于走到了尽头。悲哀和伤感涌上心头。一时间，我几乎忘了拍照。

又是一个星期天，我到广场上找阿牛，他正和几个人打牌。我带了鞋子和一些消炎药给他，他很高兴。那几个人好奇地看着我，又羡慕地看看阿牛和我带的东西。阿牛亲热地叫我“大哥”，把我介绍给牌友：“这是我大哥，是个好人，对我很好。”吸毒者身上总有些溃烂的伤口，经常要用到消炎药，阿牛大方地分给他们每人一点。阿牛小声地对我说：“大哥，等我赚多点钱就回家戒毒。等我戒了毒，我请你到家里做客，看看内蒙古大草原。”听阿牛说戒毒，我很高兴。后来，阿牛和我成了朋友。有一次在东广场遇见阿牛，很久没见面了，我们俩都很开心。阿牛说：“大哥，我有件礼物送给你！”他拿出一双波鞋，还很新，他说：“大哥，你的鞋太久了，换这双吧。你穿波鞋好看！”我真的不知说什么好，这双鞋我不能收。我说：“阿牛还是你留着吧，你的鞋也旧了。”我们两个人推来推去，后来我以大哥的身份“命令”他把鞋穿上了。

阿牛也乐意给我介绍新朋友。这时走来一个卷发、浓眉大眼的小伙子，阿牛告诉我这是“小新疆”。“小新疆”很英俊，和那些消瘦憔悴的吸毒者很不一样。我夸他“你很靓仔”，他听了很高兴。我悄悄拿出相机，镜头对准他调焦后正要按动快门，“小新疆”马上瞪着我，脸色难看：“你想偷拍我？”“没有没有。”我笑着摆摆手，他没再说什么。“你这么精神这么靓，不像是吸毒的。”“小新疆”说：“我戒过毒的。”“戒掉了？”“本来戒掉了，来了这儿又吸回去了。”

“小新疆”说，他是1994年来到广州火车站的，这里一

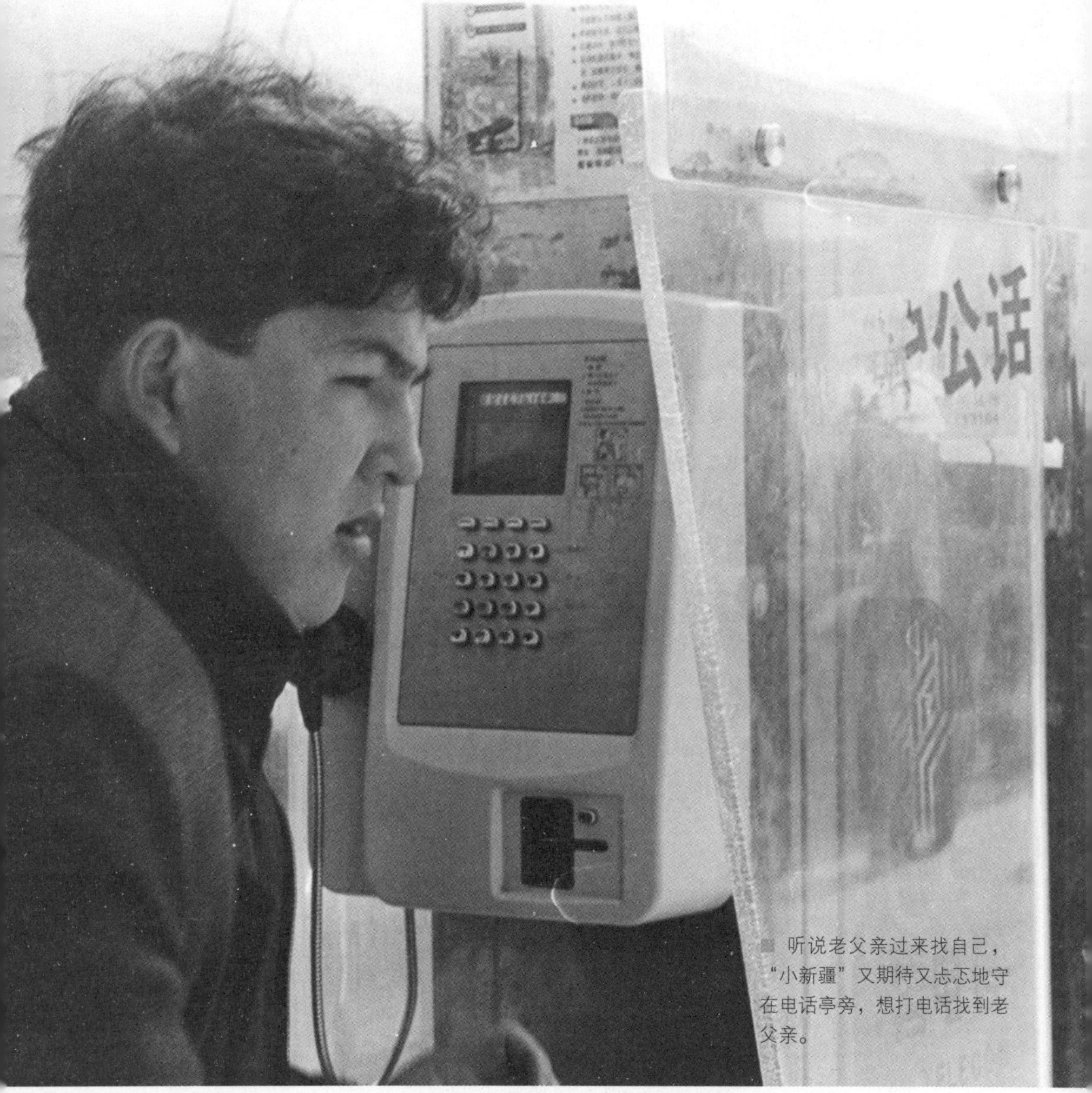

■ 听说老父亲过来找自己，“小新疆”又期待又忐忑地守在电话亭旁，想打电话找到老父亲。

个打针的大哥慷慨地给他试针，很快就又上瘾了。后来他尝试戒毒，曾有一位王牧师照顾他，给他按摩，给他买吃的，现在脚上的这双鞋也是王牧师送的。王牧师是一个慈善机构派来的，会经常来广场看望吸毒者和流浪者，有时会发些食品衣物，所以广场上有不少吸毒者知道王牧师。看来王牧师对“小新疆”不错。阿牛和打牌的几个同伴也认识这个王牧师，原来王牧师以前是黑社会中人，也吸毒，碰到一位英国牧师把他给感化了，戒掉了毒还“立地成佛”也成了牧师。这么个传奇人物我很想见见，“小新疆”说王牧师可能不久还要再来接他去戒毒，那时介绍他给我认识。他很盼着那一天，“要是能把毒戒掉，我一定重新做人。”想到这个，“小新疆”高兴起来，说起了自己的身世。“小新疆”生在新疆，从小被一对河南籍夫妇收养，养父母离婚后被判给了养父。养父很爱儿子，但经常出差，不能经常陪伴。于是，才9岁的“小新疆”就离家到外面游荡，后来到了广州火车站。

“小新疆”还有一段浪漫的恋爱史，他接着说：“你相信吗？我十几岁就谈过恋爱了。那是两姐妹。我先是跟姐姐谈，后来妹妹也喜欢上了我。”“她们现在在哪儿？”我问。“不知道，反正也是吸毒的。”我无话可说，“小新疆”也坐在那里发呆，不知在想些什么。

我留“小新疆”在那儿遐想，回了趟办公室，整理这几天的图片。在暗室里，我拿着照片，看了又看这些天来慢慢熟悉的脸孔和场景，那些脸孔憔悴无光，场面混乱黯淡，仿佛这些人早已离开这个世界。吸毒者们的生命如此脆弱。这些天来，我总是劝他们戒毒，似乎也有戒过毒的，但之后又吸回了。自己也变得迟钝了，没

■ “小新疆”很能吹，口才很好。

■ “小新疆”和其他吸毒者很混得来。

有了一开始的苦口婆心。该做些什么才能有所改变呢？

过了几天，在广场上我见到了四川人杨。杨在广场上待了8年，两年前吸上毒的，现在连走路都很费劲儿，拄着竹竿，每一步都要努力地挪，但很快就瘫倒地上，在那儿累得直喘。眼和眉毛边周围一圈黑黑地发暗，没一点儿精神。

“哪儿不舒服？”我问他。“坐骨神经，好痛……”杨说完，就在那儿喘气，“如果能吃上坐骨神经丸，我这病就能好，可是我没钱。”杨这个样子，是“赚”不了钱了。弄到了钱，吸毒者首先想到的是买白粉，剩下的钱才是买药吃饭。他们的身上出现越来越多溃烂的疮孔，衣服都盖不住恶臭肮脏，身体散发出独有的难闻气味。

有一个一直陪在杨身边的朋友对我说：“他这样子不行了，你能帮他就帮一点吧。”

我说：“我买药给你。”在这儿见惯了一个个垂死的人隔三差五地被拖走，我和杨的朋友都清楚，毒品不久就要夺去杨的生命了，或许不久就是杨的朋友自己了……药，现在只能让杨好过一些。

杨和他的朋友目光充满了感激，带着第一次从陌生人那里得到帮助的感激和最后的希望，或者是对生命最后的依恋，我心头倍感沉重。我不再像过去那么唠叨地劝说他们戒毒，更多的是沉默。我转过身，向出站口西侧附近的的药店走去。

我请售货员拿一盒“坐骨神经丸”，售货员却眼一翻，有些不屑地说：“我们是国营的，不卖禁药。”我愣住了，这“坐骨神经丸”是什么？莫非杨他们在耍我？最后我买了些治坐骨神经的药，拿了药我回去找杨。

走过行李寄存处外的角落，在我身旁匆匆而过的身影里，出现

■ 杨拄了竹竿行走仍很费力。

了一个新面孔。原来，他是湖南人，来了火车站才三天，就吸上了毒。这一路，我又拍了几张照片。

吸毒者中还来了个归队的老“道友”，刚从收容所里放出来。他一放出来就到了老巢，在见到老友们时展示那张释放证，同伴们七嘴八舌的询问似乎让他颇感自得，释放证倒成了光荣记录。我请他和这张释放证合影，到拍照的时候，他的手盖住了自己的名字。

找回杨时，他躺在地上，那样子简直就像死过去了。再一靠近，还有进出的气。我把药递给他，他拿了药看了又看，还老摸着药盒子。看到他那么小心地把药放到天天垫盖的破毛毯里，我对他说：“吃了药，你就会好的。”我知道说得很假，但找不到什么话安慰他。杨点点头。这时，杨的朋友来了，手里捧着一片西瓜。杨的朋友说：“他口渴，我就去买西瓜。他想吃什么，我都想办法。”“你这个朋友很够义气。”我说。“没用的，义气没用的。”他两手抱着头，脸低低地埋到自己的手里：“我自己都不知道该怎么办。”

“他就要死了。”旁边一个人指着杨说。杨小心地慢慢地吃着西瓜，仿佛在专心品味人间美味，其他都和自己无关。

吃完了，杨好像有了力气：“我感觉好多了。”然后他突然抖着拐杖站起来。这一努力让他喘了好一会儿。我们不知他想要干什么，想拦住他，他已摇晃着朝一个在等人的旅客走去，脸上还挤出几丝凶狠：“拿钱来。”那旅客瞟了一眼这个弱不禁风的人，拎起包走了。杨气得想追过去，差点摔到地上，杨的朋友跑去扶住了他。杨恨恨地说：“这几天生意很好做的，很好做的。”接着是剧烈的咳嗽声。病重腿残没法“做生意”，“一日三餐”的毒品和吃饭没有了着落，杨绝望地坐在地上，他的朋友和旁边的几个吸毒者也坐在一边没有说话。我看不下去，转身离开。

杨和朋友。

第三章
零距离直击吸毒全程

废墟上的毒屋

从西广场侧边过天桥，在走马岗小巷尽头，原先有几间废旧破屋，周围一地都是被拆得七零八落的砖块。这里又脏又破，没有人来，也很少被查，吸毒者们在这里注射毒品、睡觉，这里俨然是他们的“世外桃源”。2000年的春节，在认识阿钟阿牛几天后，阿牛带我去看了那破屋子。当年拍照用的是1982年出的尼康老相机，是用胶卷的，黑白照，现在照片都有些褪色了。

一座人行天桥就在从西广场到旧屋之间，上面没有保安巡逻，桥上很暗，没有灯光。总有些衣衫褴褛的人或坐着或游荡，很少有行人通过。曾听说一个传闻，有女警过桥时遭到抢劫。桥的栏杆上

■ 西广场通往走马岗毒窝的人行天桥，抢劫频发的惊心路。

■ 废弃的旧屋窄巷，2000年是只有吸毒者光顾的“桃源”。

还油着一行大字：“不要在此地逗留，有人抢劫。”这一带总给人混乱危险的感觉。阿牛带我过了天桥，穿过一条窄巷，走到其中一间破旧砖房里。

屋里十几个或正在享受云雾缭绕或进行注射的人停下了动作，眼睛惊愕地盯住我这个异类，空气似乎瞬间凝固了。阿牛赶忙介绍：“大家别怕，这位大哥可是好人。看我身上这件衣服，就是大哥给的。”我把手上准备好的烟撒了出去：“我来看看大家，来看看。”说着，我很自然地蹲下来，和他们平起平坐。

这时，一道阴冷的目光射了过来，我望过去，竟是那个“坐飞机”的男人，昔日的黑帮大佬，我的后背顿时阵阵发寒。独自一人在破屋子里，没有警察没有保安，没有同事和朋友，如果露怯或

■ 2000年1月，火车站附近一间破旧房子里的吸毒团体。

■ 坐在吸毒者中间的“小文”（右侧穿格子衬衫者）。

一个不小心，不知会发生什么事。我尽量显得坦然地将一支烟递送到他手边，一抬眼看到他的脚肿起一大块，已化了脓还带着血丝。“你怎么了？”我吃惊地问他。他没回话。“小文哥被人打了！”旁边一个人叼着我递的烟说。

“怎么这么残忍！太惨了……”我说。那个小文还是不作声。我希望打消小文的戒心，掏出20元钱：“这点钱拿去买点药吧。”我知道他需要钱。小文似乎对我有很深的戒心，马上回绝：“我不要。虽然我没钱，但我也不会随便要别人的钱。你还是收起来吧。”

“那我请你吃饭。”我又说。“不用了。”小文依然拒绝我。

我不想轻易放弃，只好一遍又一遍地磨，要小文收下我的钱，一点儿心意。旁边的瘾君子和阿牛都劝小文：“你就收下吧，这位大哥的确是好人。”小文终于被说服了，他把钱仔细对折叠好，说：“看来你的确是个好人。”他指着自己的腿说：“我这条腿是被人用铁棍打的，他专打我的膝盖。”“那我替你拍下来，以后就是证据。”小文点点头，我拍了好几张。

小文松弛下来，也接起我的问话。小文说他是1988年来的广州，手下有不少弟兄。他替人打架打得骨头都断了好几根，马仔送上几包白粉止痛。小文一吸就上瘾了。小文的老婆和他离了婚，儿子现在是爷爷奶奶带。老人家对小文很失望地说：“你要死就死吧，孩子我们给你养。”

我问了小文一个我总想问问吸毒者的问题：“想不想戒？”我很想劝他们戒了，重新开始。“戒？管什么用，骨头都黑了，过一天算一天吧！”他显得无所谓。

小文一下子变得滔滔不绝。他说起了自己赚钱的原则：“做

2000年，离火车站不远的走马岗一角落，一个女吸毒者在脱裤子注射。

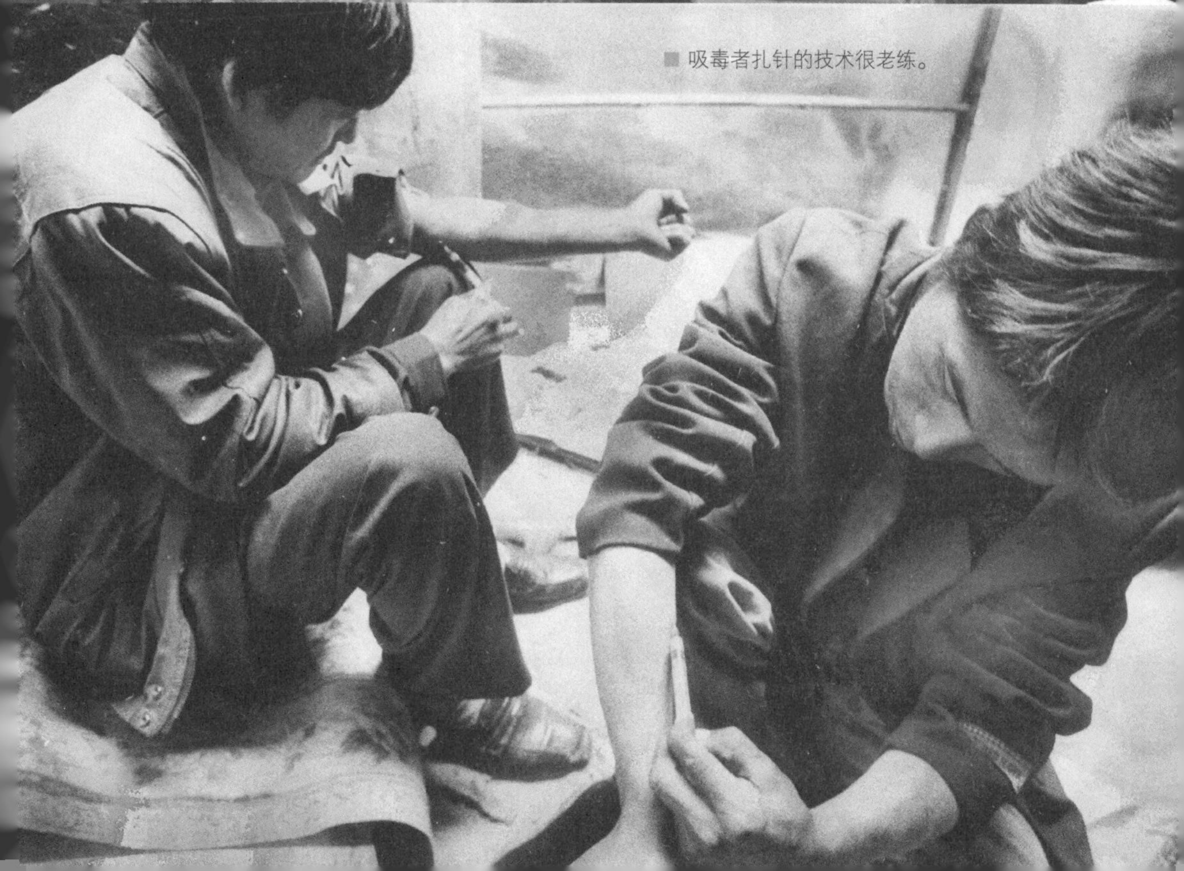

吸毒者扎针的技术很老练。

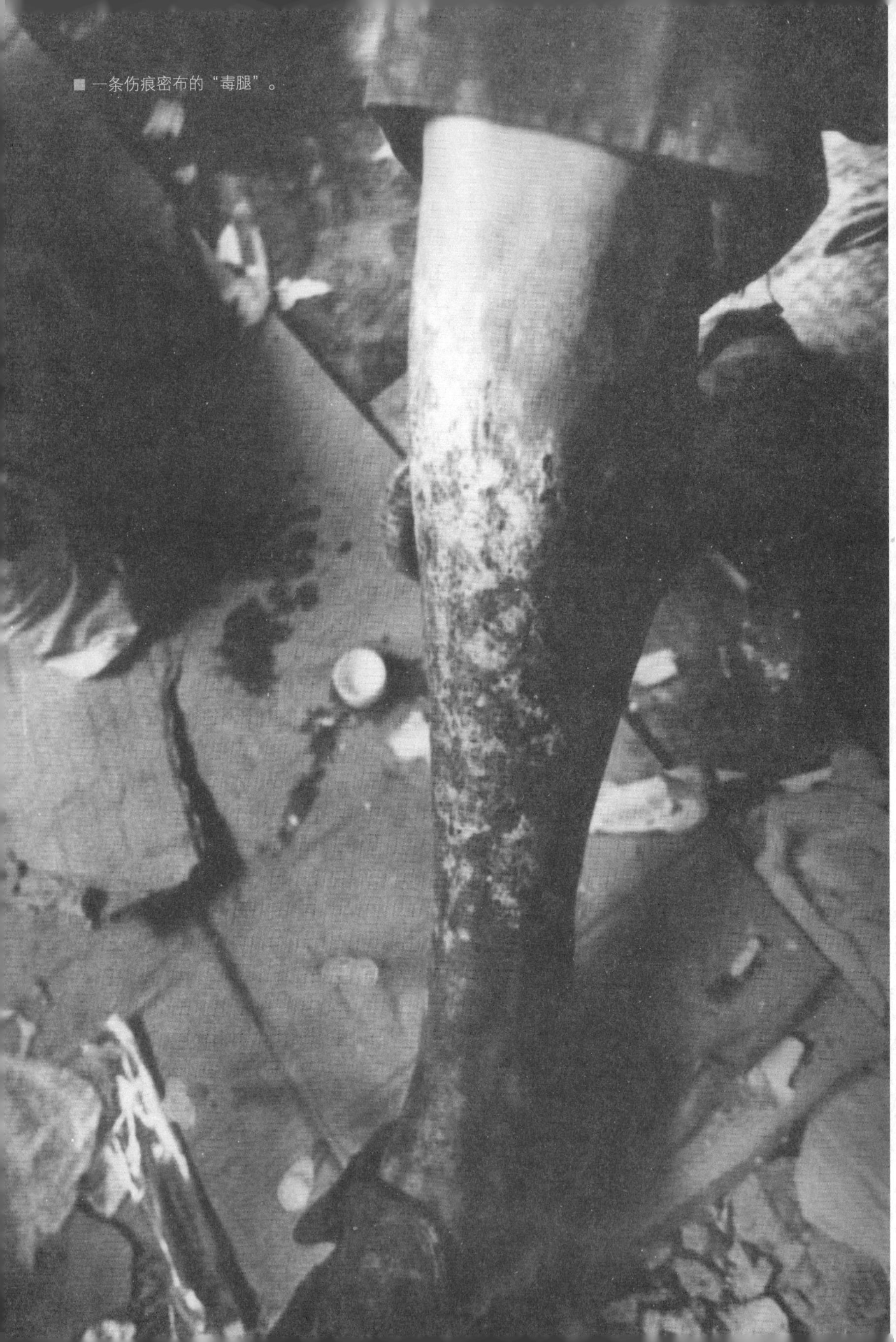

■ 一条伤痕密布的“毒腿”。

生意”，如果是打工仔，二三十也就算了；对做官做生意的至少两百。十个商人九个奸，敲这么一点算什么？一天下来，够吸的，也就行啦。小文很有“侠盗”的口气。对于那些不分老弱病残，都下狠手的，小文和很多吸毒者都不屑与他们为伍。

听了我和小文的谈话，其他人也放松了戒备，还很凑趣配合我拍照。有的还主动给我布景找“角色”。一条“毒腿”伸到我镜头下面，上面有很多针孔，流着脓，还有几个地方破皮流血，更让人起鸡皮疙瘩的是有一块溃烂凹下的地方布着一层白白的小粉粒，主人告诉我是排出的毒粉。这几天我看过不少残肢断腿，但看到像这样的一条烂腿我差点要呕了。毒腿的主人很热心，想挪动那条令人过目难忘的烂腿摆几个姿势叫我拍，马上疼得直打哆嗦，我真不忍再多看一眼。一个吸毒者还很聪明地把自己用过的针筒放到那条毒腿下面，对我说：“这样拍才过瘾。”

“瘾君子”主动布景演示

我想拍注射毒品的过程，他们很快布好了景：地上立即摆上一瓶装了自来水的矿泉水瓶，还插上了针筒。这是稀释毒品的准备工作。

因为这座屋子废弃很久，准备要拆了，没有接通自来水管，吸毒者通常用空矿泉水瓶从外面装了自来水回来，针筒和白粉装在衣兜里，有的怕被抓到干脆把白粉放到鞋袜里。

把水瓶打开，倒水到瓶盖，推几次针筒吸喷出水算是消毒。再

■ 一瓶水，一支被使用多次的针筒，一小包白粉——通向死亡之路很简单。

小心地把白粉倒进针筒，吸水，就完成了稀释毒品的过程。如果在冬天天气冷，吸毒者们还会用手摩擦针筒帮助融化。

接着是找血管。通常是用绳子或裤带之类绑住胳膊，另一只手拍打找血管。吸毒的人打针多了，找血管技术很老练，那架式简直像医院的老护士。

因为打的时间长，手臂上的针孔太多，没处扎针了，就在大腿根腹股沟找动脉，吸毒者叫做“扎血库”。这种方式比静脉注射危险得多，作用时间更快，非常危险，有的甚至一针下去就大出血暴亡。在这个地方打的吸毒者们，一般都是打了很长时间，中毒很深，往死亡之路上走的速度大大加快了。

有的吸毒者还没“用餐”，就或坐或躺地在那里扎针。在这光线阴暗的房子里见到这种难得的场面，我有些兴奋，顾不得取光取景的原则了，一口气儿拍了4卷胶卷，紧张得手差点没抓稳相机，累得想坐到地上。他们很客气，一个吸毒者还拿了件衣服给我休息，说地上脏让我坐在衣服上。

阿牛担心有事催我走，带我出了屋子。我在废墟上转了转，地上的乱砖瓦下，散落着许多细细圆圆的针筒。我将阿牛的脚和这针筒这废墟照进去，来了一个特写。我们的举动引起附近的士多店老板和几个路人的注意，他们朝我们这边张望。阿牛很紧张，拉着我离开。

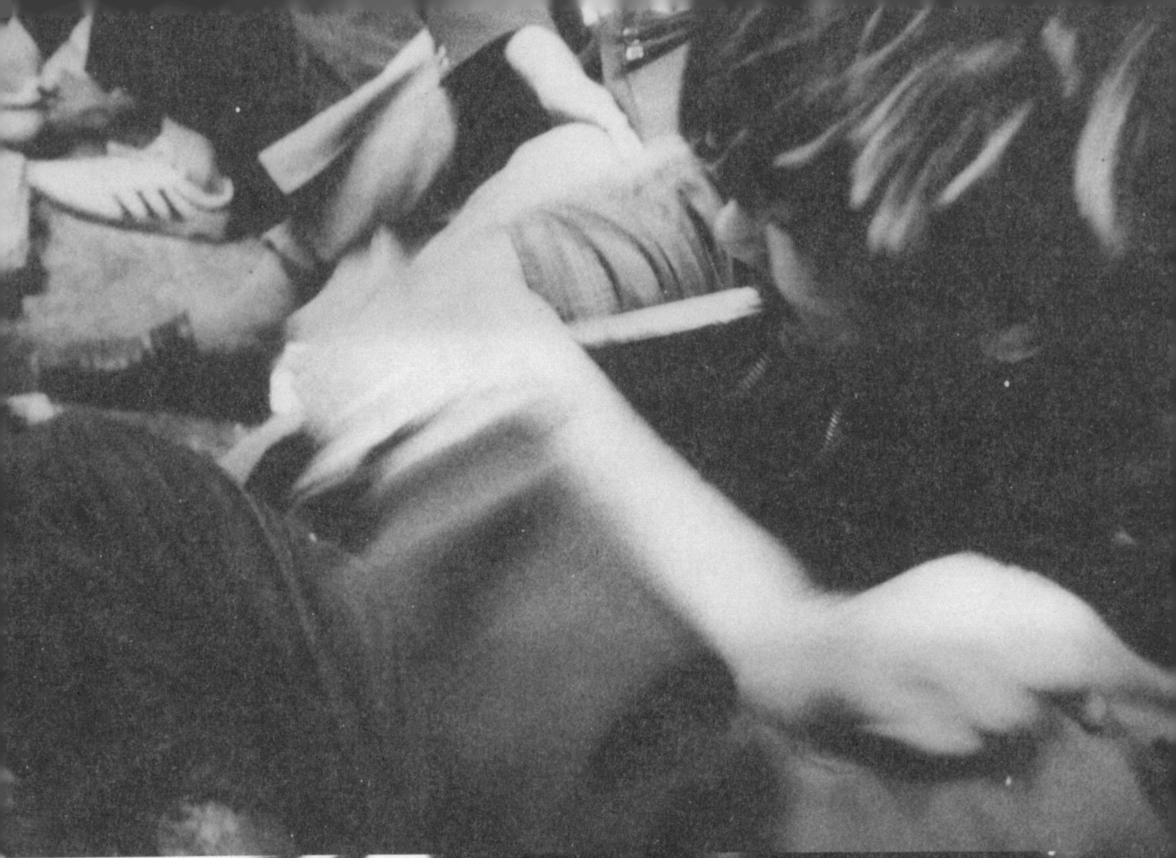

■ 吸毒者拿根绳子或烂布绑起手臂找血管扎针，技术娴熟直赶医院的老护士了。

■ 天刚蒙蒙亮，一个在候车室门口露宿的吸毒者还没爬出被窝，就开始了"一日三餐"。

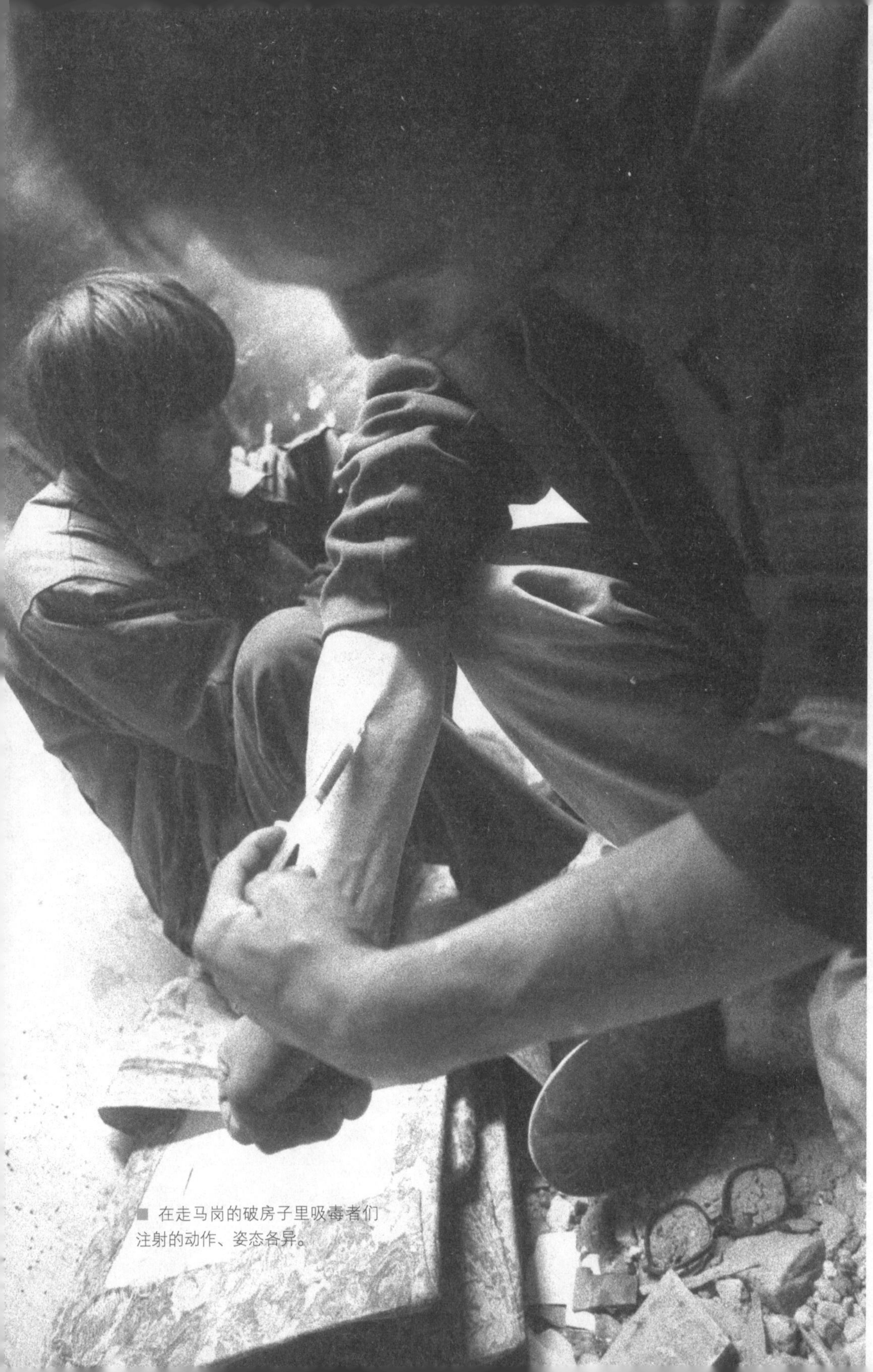

■ 在走马岗的破房子里吸毒者们注射的动作、姿态各异。

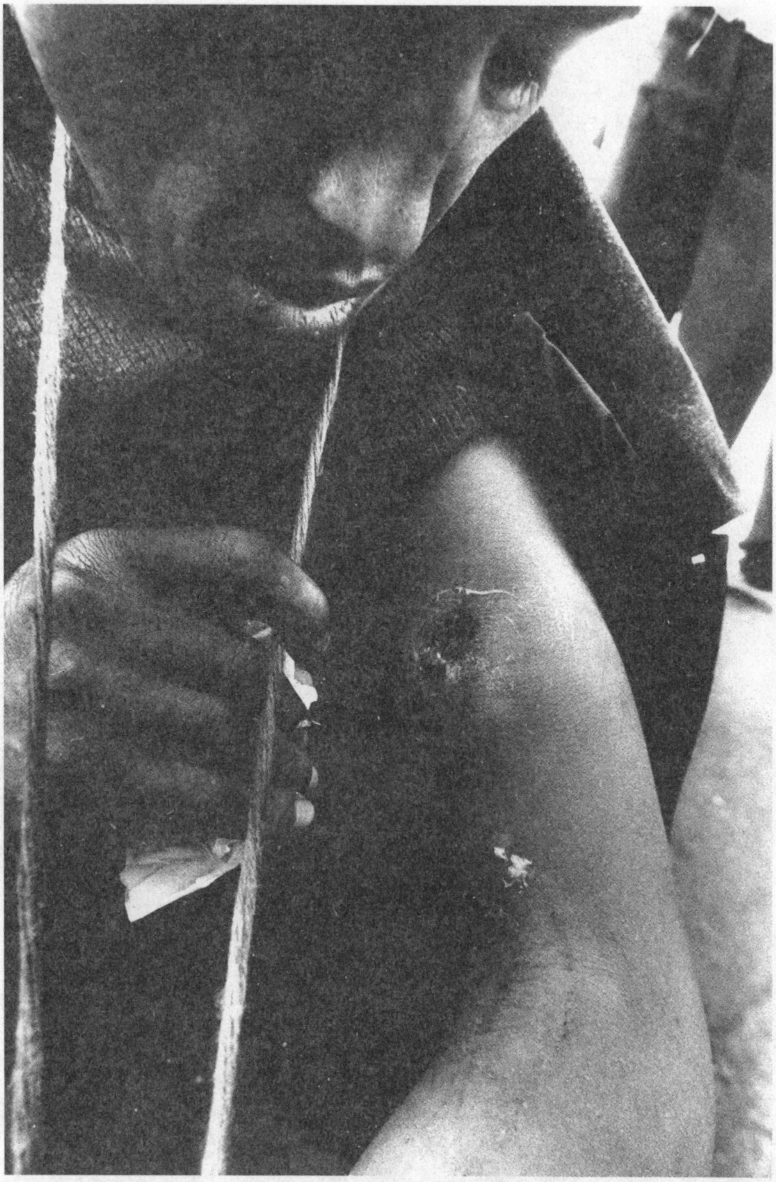

■ 这名吸毒者的手臂上烂了一个大洞，上面还有一层白色粉末，吸毒者们称之为“排毒”。

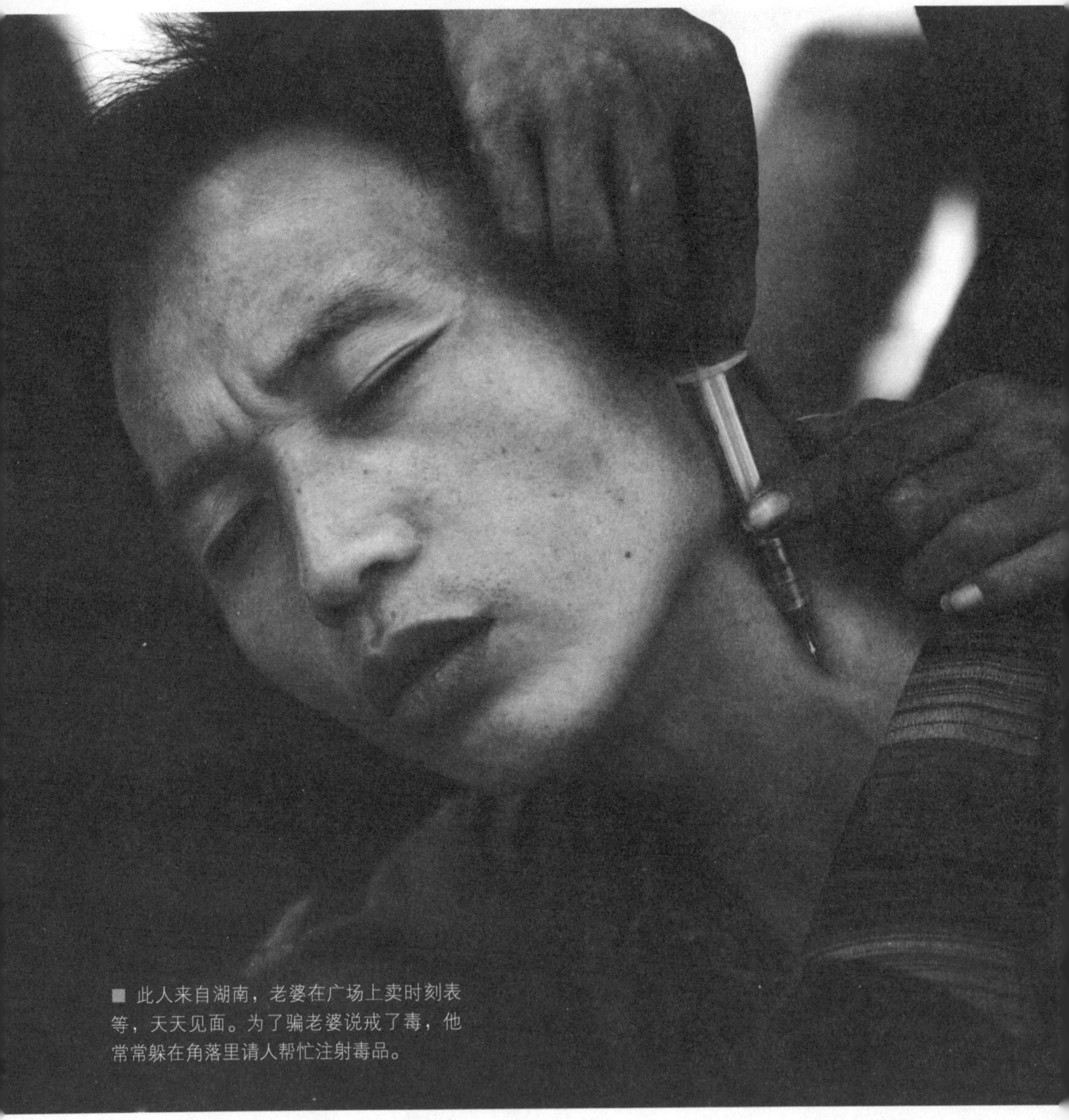

■ 此人来自湖南，老婆在广场上卖时刻表等，天天见面。为了骗老婆说戒了毒，他常常躲在角落里请人帮忙注射毒品。

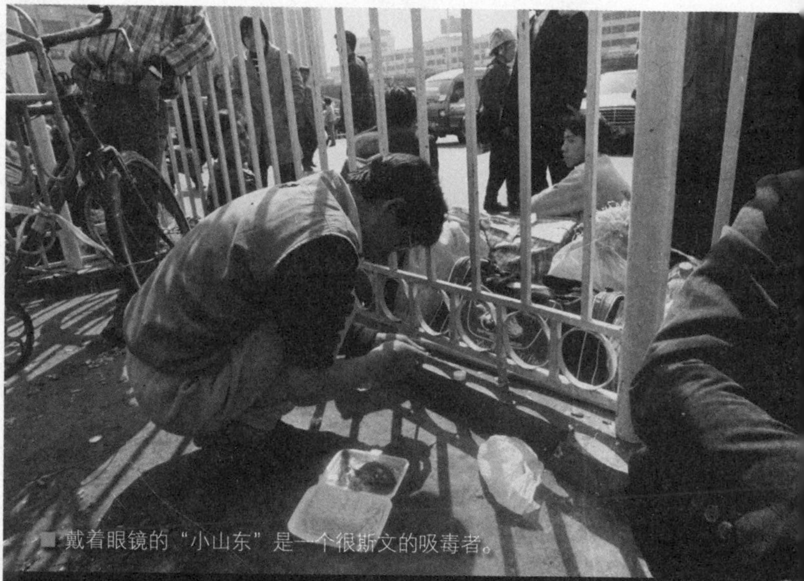

■ 戴着眼镜的“小山东”是一个很斯文的吸毒者。

■ 2004和2005年，出租车通道上经常有很多吸毒者在此扎针。

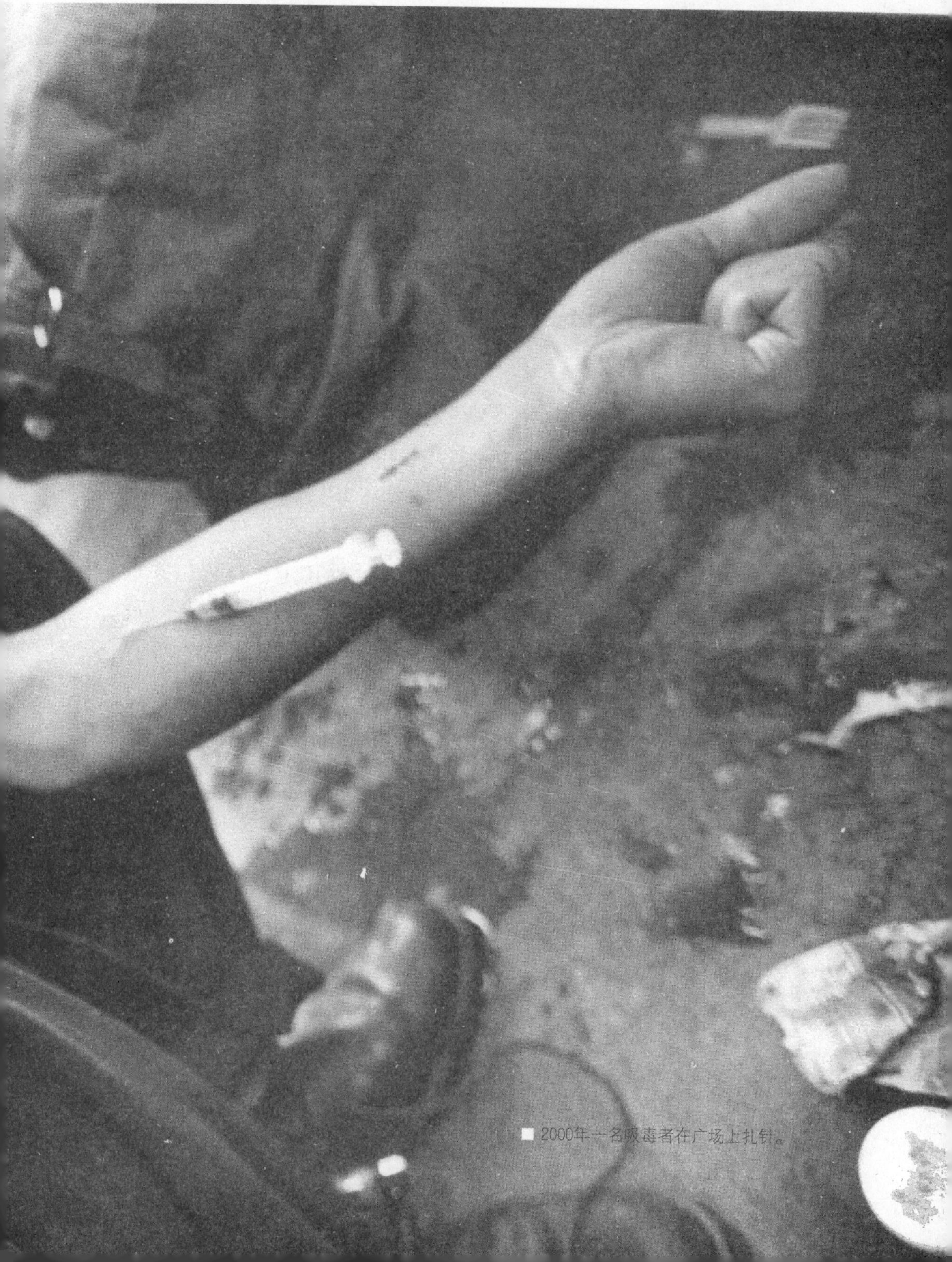

■ 2000年一名吸毒者在广场上扎针。

半路又杀出个程咬金。一名吸毒者突然从刚才我拍摄过的屋子里跑出来问我要钱，给了他30元钱，我和阿牛这才脱身。

我差点被吸毒者认出

阿牛带着我去他们常去的一家小店买盒饭。饭菜里带着馊味，我难以下咽，阿牛却吃得津津有味。店老板不断地赶阿牛，我和老板理论，老板还很委屈："他是什么人？他在这儿，我的生意怎么做？"阿牛倒没说什么，只是和我说："我们回去吧。"

我离开走马岗老屋两天后，得到一个让人吃惊的消息：那几间屋子被警察查封了。我被吸毒者当作告密者，而阿牛被当作了"奸细"。阿牛跑来质问是不是我报的警，我说没有，但他根本不听我的话，还叫我不要再来了，一脸淡漠地走开了。我并不知道警察是因为什么抓他们的，他们是经常被抓的，而且，他们做的事很有理由被抓起来的，但我很不愿意阿牛因为这个被他的同伴们当作"奸细"。

我只好独自在广场上百无聊赖地转来转去，看到"小新疆"时，他刚"赚"了一百多块钱，还说要请我吃水果。吃完，"小新疆"要去走马岗吸白粉，我说陪他去。

走马岗的屋子已打上封条，"小新疆"只能在一两处断壁边注射。一地的针筒瓦砾和大小便，臭气熏人。"小新疆"毒瘾也很重了，胳膊和腿上布满了针孔，毒瘾很快要发作了，他急了，只好找了个旧针孔扎了进去。针筒有回血他又重复抽，扎入针孔，最后几滴血扎不进身体的，还点了支烟把血滴吸上去，吸得干干净净。

等“小新疆”注射完，我们回到广场。在出站口我看到了“小四川”，“小四川”见到我很亲热，立即一口一个大哥地向旁边几个人吹。突然几个人脸色都变了。顺着他们的目光看过去，一个穿制服的警察从警车上下来，快步跨到“小四川”面前：“你又在这儿？”“小四川”立即被反扭胳膊塞上车。

后来，警察的目光又落在我身上。我的头发又长又乱，穿的西装很土很旧，和那些人比好不到哪儿去，尤其我肩上背上相机还有点专业架式，整个人显得怪怪的。警察仔细打量我一番问：“你是干什么的？”周围的人都看着我，我没有回话。警察又一次追问我：“你到底是干什么的？”“拍照玩玩。”

警察对我的回答报以冷笑：“这里说不清，上车谈吧。”很显然他并不认为是那么回事儿。于是我被押上了警车。到了派出所，警察说：“这下你可以说实话了吧？”

我掏出了工作证，警察的眼睛瞪大了：“你们几个人？”知道就我一个，警察又说：“知道刚才站在你旁边的那十几个人是干什么的吗？”我说与他们很熟。警察很生气：“熟？！你以为他们是什么人？你死了都没人知道！你们这些记者，挖料也不是这样挖法，连命都不要。出了事，你要我们怎么办？”

“小四川”给我提供了很多消息，我问警察能不能放了他。“放你就不错了。在这里，你还是自己小心点儿吧。”警察说得硬梆梆的，但听得出他一片好意。

等我出来，一个人贴上我的耳朵说：“你和警察不是一起的？”我大声说：“是啊，你们还说我是记者，是警察的探子，我要是，他怎么会抓我？”

■ 2000年，记者在广场上拍摄。

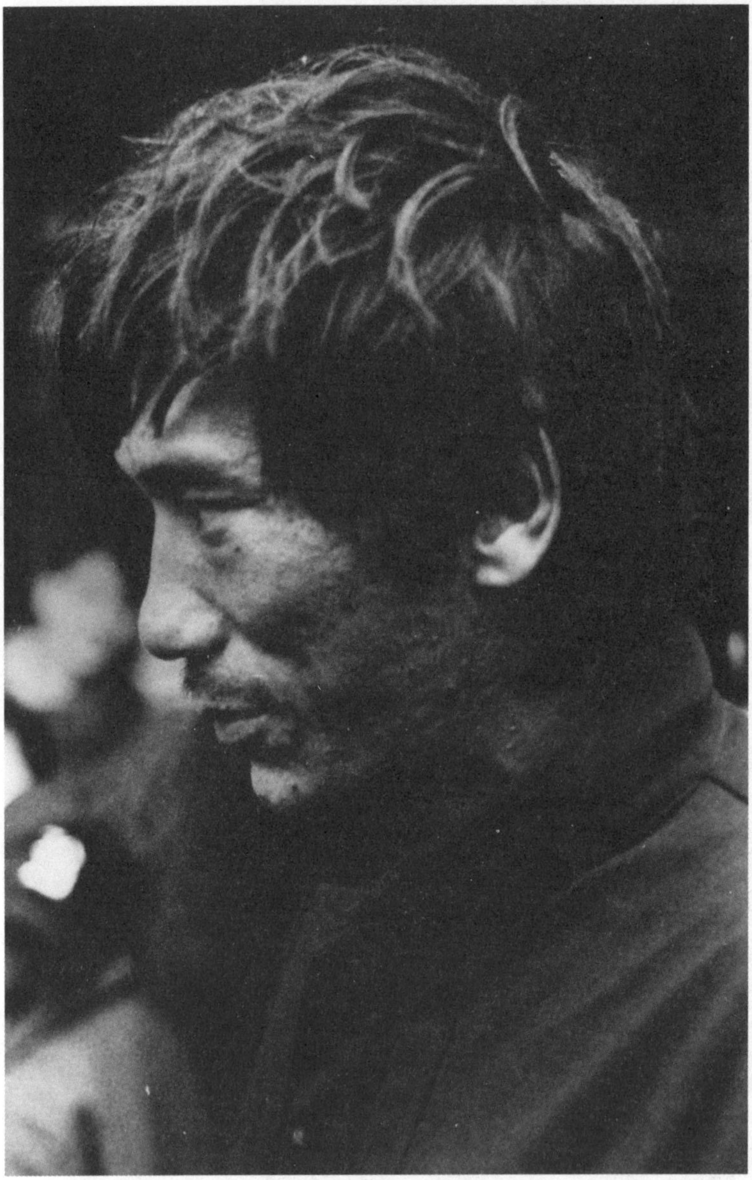

■ 长期吸毒的阿钟身上长着奇形怪状的瘤子。

这真是一个意料之外的结果。

2000年2月对这里整治后，许多吸毒者被抓去戒毒，有的跑掉了，还有的死掉了。

报道登出后不久，广东电视台和中央电视台来拍摄过走马岗的那几间旧屋。之后，旧屋被拆掉，种上了花草绿树。走过的都是步履匆匆的行人，很少有人知道这里曾有过这样一块废墟和吸毒群落。这短短的一段路，人们走过时平静而匆忙，但很多吸毒者却没有走出这个地方，在这儿快速结束他们本来还年轻的生命。车站本是一个短暂停留的地方，他们却在这里迷失、堕落、流浪，最后在这里长眠不醒。

对于这些被毒瘾控制而整日偷骗抢的吸毒者来说，整治是严厉的，戒毒是痛苦的。他们对整治和戒毒感到恐惧。整治期间，我曾和报社的同事一起来到广场上，巡警和保安正在广场上四处巡视。我依稀又看到了几张老面孔，其中一个正是阿牛，他们也看到了我，表情异常紧张地站起来走开了，还有人突然跑掉了。

4月末，我在去西广场到走马岗毒屋的天桥上又见到了阿钟。阿钟瘦得只剩下皮包骨，奄奄一息。他也认出了我，恳求我说：“帮帮我。”求我给他买药。我给他买了饭、水和消炎药。“谢谢你，大哥！”他的眼睛没有了闪避，又充满了感激和依赖，就像昔日在广场上一样。

两天后，阿钟死在了桥下。

“追龙”

除了用针筒注射毒品外，吸毒者还有另一种“高档”得多的吸食方式：“追龙”。

拿一包烟，取出里面的锡纸，撕去里层白纸，倒两三小包白粉兑点水铺匀，用火机在锡纸下点火烤，鼻子将那缭绕的白烟吸进去，比打针过瘾轻松得多。因为注射是从血液完全吸收，“追龙”要够劲则需要的白粉多得多，花费也多好几倍。只有那些手上比较阔绰的吸毒者才能享受这种“贵族”方式。

一个河南小伙子在我的镜头前做“追龙”表演。小伙子西装革履，样子精明而精神，他拿我的相机给自己照了一张：把西装脱了潇洒地搭在肩上，脸上一副闯出一点名堂后稳重深思的姿态，像是想留一张以后给家里人看了放心。

“小河南”不时会有些突发奇想的举动。我想再把他“追龙”的动作重拍，他很爽快说行，却猛然将一把弹簧刀横到我胸口，我吓一跳，叫他别开玩笑。他觉得很好玩，脸上又是一副洒脱的笑容说：“看你这样！”或是很可疑地递支烟叫我抽，不知是试探还是客气，我只好对他说嗓子不舒服推掉了。

“小河南”口才很好，人很精明，和广场上的吸毒者们很混得来。他介绍一个辽宁人给我认识。那时在这一带，常有帮派混战势力更迭，各处混混按籍贯和老乡各成帮派。新疆人帮派“统治”后，东北人来了压倒了新疆人。我在广州火车站拍摄时东北人正占上风。一个辽宁人和我说起他们光荣的历史时很得意：“1994年的时候，我们东北帮人人举着一把雨伞和新疆人打，伞里安着一把长

■ 经常有些奇思怪想、显得很洒脱的“小河南”也有心事重重的时候。

刀，从火车站打到省汽车站，又从汽车站打到瑶台，最后把他们赶到三元里，把他们全打跑了！新疆人根本不行。”

“是吗？你这么英雄啊？”我给他戴了顶高帽，举起了相机。有人推推辽宁人叫他小心我。辽宁人就说：“你要拍就拍，但不能拍我的脸。”又扫那人一眼：“怕什么？我早就知道他了。人家过年喜欢旅游，他喜欢到这儿来体验生活。”

我马上同意：“是，是。反正我也是一个人，过年也没什么好地方去，不如到这儿来看看朋友们，也开心开心。”

第四章
濒死黑皮书

阿伟

2000年我所拍摄的很多吸毒者在吸上之前并不了解毒品，之后几年，国家对毒品的危害已有广泛宣传，在广州火车站不时有宣传活动。

来自辽宁阜新市海洲区的吸毒者阿伟，本来有一份体面的工作，也知道毒品的危害，但他还是上瘾了。

阿伟原来在一家银行上班。后因单位改革，他选择了一次性补偿下岗，领了几万元之后留给妻小就来到广州，给一个私人老板开车。因为忠厚老实，老板很信任他，收入不错。他每月都按时寄钱回去，想着攒够了钱就租个好点儿的房子把老婆儿子接过来一起住。

当时阿伟和已来广州打工多年的弟弟合租住在一起。弟弟早就染上吸毒的恶习，且是又吸又贩、以毒养毒。外界的宣传多了，阿伟对毒品深恶痛绝，经常劝弟弟戒毒，弟弟反倒拿着白粉叫他吸。同样的话听多了，有时竟不知不觉就被说服了，何况是同胞兄弟。一次感冒发烧之后，阿伟真的听了弟弟的，试了第一口。

吸上之后，就没有免费的了，外面卖180元一克，弟弟卖给阿伟的是220元一克，把阿伟的积蓄刮得干干净净。老板很快发现，多次警告叫他戒了，他戒不掉结果被炒了鱿鱼。阿伟丢了工作，钱也吸完了，只好向弟弟借钱、要点白粉。早就毒瘾缠身的弟弟才不念兄弟情分，一次也没答应。

无钱合租的阿伟自然被弟弟扫地出门，流落到了广场上。在一次被抓去强制戒毒时，尿检和验血都称他感染了艾滋病毒，放出时保安怒斥他："你个艾滋病！"他一直担心自己患有艾滋病，就这样在纠结与焦虑中煎熬度日，心里一直很恐惧，感觉末日就要到了，直到遇见我。

阿伟身材高大，身体瘦削不堪，活像一根芦苇。

“我有艾滋病，需要帮忙治疗，你能不能帮我？”他浑浊空洞的眼中流露出热切的期盼。

“你怎么知道自己有艾滋病？”

阿伟的手臂上布满大大小小的让人作呕的紫色疙瘩，腹股沟上有一个很大的脓疮，很可怕，很像是艾滋病患者的患病特征。

我给他拍了几张照片，站在面前的人竟然有艾滋病，这着实让我感到吃惊。我心想，如果他真有艾滋病，天天混迹在火车站这个人群密集的地方，会不会传播给其他人呢？这样一个身材高大的人怎么会沦落到这种地步，在这样的环境下他仍抱有求生的希望，我开始对他好奇起来。

阿伟说，如果没有艾滋病，他还可以戒毒，还有机会做改变，如果有，他不知道怎么办。而且在广场上，吸毒者是最被人看不起的，因为他们一身的病，就连混混也瞧不起。如果有艾滋病，连医治都不知有没有可能。想想自己原来是有份好工作，有一个幸福的家，而且本来对毒品是有常识的，想不到却如此下场，心中实在觉得冤。

“你带我去检查吧，如果我没染上那病我就坚决戒毒，再也不吸了。”他恳求着。面对着一个渴望重生的吸毒者，我决定帮他。

我打了电话给救助站，救助站叫我找120；我打给120，120叫我找110；我打给110，110叫我找流花派出所，说这归他们管；流花派出所叫我找火车站派出所，说这是由火车站派出所管辖的；火车站

■ 阿伟在广场上开工（派时刻表敲诈别人）。

派出所说归流花派出所管……

我只好决定自己带他去检查。接下来的几天里我联系了几家医院，因为国庆节放假，10月4日我们才进入一家医院，带他做了HIV检验。几个小时的等待过后，检验结果出来了，阴性，没有感染上艾滋病毒。这令他非常高兴，回火车站的路上竟像个孩子似的喋喋不休，向我描绘着未来的光景，说他以后要活出个人样来。

我也很高兴，真希望他能改过自新，戒完毒过新的生活。我买了一些药嘱咐他早点回家戒毒，不要再干害人的勾当，他忙点头答应。

三个星期后，在火车站地铁口，我又见到了他，他正穿梭于人流中兜售着“最新”的列车时刻表。衣着比上次“时髦”了很

■ 2004年，在广州火车站西广场，阿伟向我求助说是有艾滋病。我打电话给有关部门但没人管，于是我带他到广州市第八人民医院检查。

■ 2005年2月18日，阿伟在广场上脸露凶相在敲诈旅客。

多——皮鞋、衬衫、西裤，明显比例失调，大了很多。会不会又是偷了别人的？我非常失望。

我问他为什么还没回家。他见到我表情有些尴尬，他告诉我早已和老婆在2003年底办了离婚，检查出来后他给老婆打了电话，老婆怕影响儿子不让他回家。

“算了，这一辈子都不回去了，哪里的黄土不能埋人。无所谓了，过一天算一天吧。没那东西生不如死，只能在这里干活，除了这里，我不知道还能去哪。”

与自我意志力相比，毒瘾到底占多少份量？阿伟放弃了摆脱毒魔的机会，死亡离他越来越近。

阿伟继续待在火车站上重复原来的日子：卖时刻表，扎针，睡觉，有时和人争吵。

有一天，广场上一个“瘾君子”告诉我，在站西路有个扎针的东北人快死了，我让他领我去看看，带点东西去给那人吃。他勉强同意了，领着我走，经过站南路拐了两个弯，来到了站前西路的一个垃圾处理站。

“喏，就在那里”，他指着远处一个角落，说完转身就走了。我走过去，墙角边躺着一个人，原来就是阿伟。我很吃惊，他个子比较高大，看起来身体还比较结实，想不到那么快就动弹不得了，上身光着，很瘦，肋骨根根可见。

听到我叫他，他转过头来，浑浊的眼睛里顿时有了些许光彩。我问他：“你怎么会成这样？”

“脚动不了，站不起来，也不知道是什么原因。”

聊了一阵儿，临走时我从包里拿出一瓶矿泉水和一包面包递给他。

“我明天再来看你，还会带点药过来。”

他感激地说：“谢谢你，哥。”

第二天下午我来到昨天他躺着的地方，不见人，只见地上还铺着两件破旧的衣服。我询问附近处理垃圾的人，他们告诉我他在这里躺了两天，中午有人给他扎了一针，勉强站了起来，不知走去哪了。每天都有很多吸毒者在这里注射，弄得一地都是用过的注射器。

我返回火车站广场时大约是晚上八点，正下着雨。我转了几圈才在的士站出口处找到了他，他正坐在地上。

因为疼得厉害，站不起来，阿伟是从垃圾站爬了很长时间才爬到的士站出口的。他坐在地上，又累又饿，表情很痛苦。我拿给他一包蛋糕和一瓶水，他狼吞虎咽地吃完，用哀求的眼光问我："能不能送我去救助站？"

"当时我带你去医院检查发现没有艾滋病，让你离开这里回家，你当时也答应了，为什么不听我的？"我反问他。

"现在我这个样子，说什么也没用了。"他也知道后悔却晚了。

我尽管埋怨他，还是答应打电话到救助站试试看，然后新一轮扯皮又开始了。阿伟想去地中海商场躲雨。他想站起来试了多次总站不起来，最后他用了全身的力气，使劲地抓着一个窗框，花了近一个小时才歪歪地站起来。他抓住扶栏，这才步履蹒跚地踱进了地中海商场。

深秋的广州阴雨连绵。广场上的吸毒者经常在天冷时跑到榕树旁的排烟口（地中海饭店的烟囱）旁取暖，排烟口附近暖和些，但顶上没有遮雨的盖子，下雨时地上就会有一洼洼的雨水。阿伟想在这儿取暖，但这里没处躲雨，全身湿透了，直在地上颤抖。经常见我在这里拍照背着个相机，一个保安一见到我，就过来赶阿伟。阿伟走不动，只能艰难地往前爬行，一个多小时只爬了10米远。

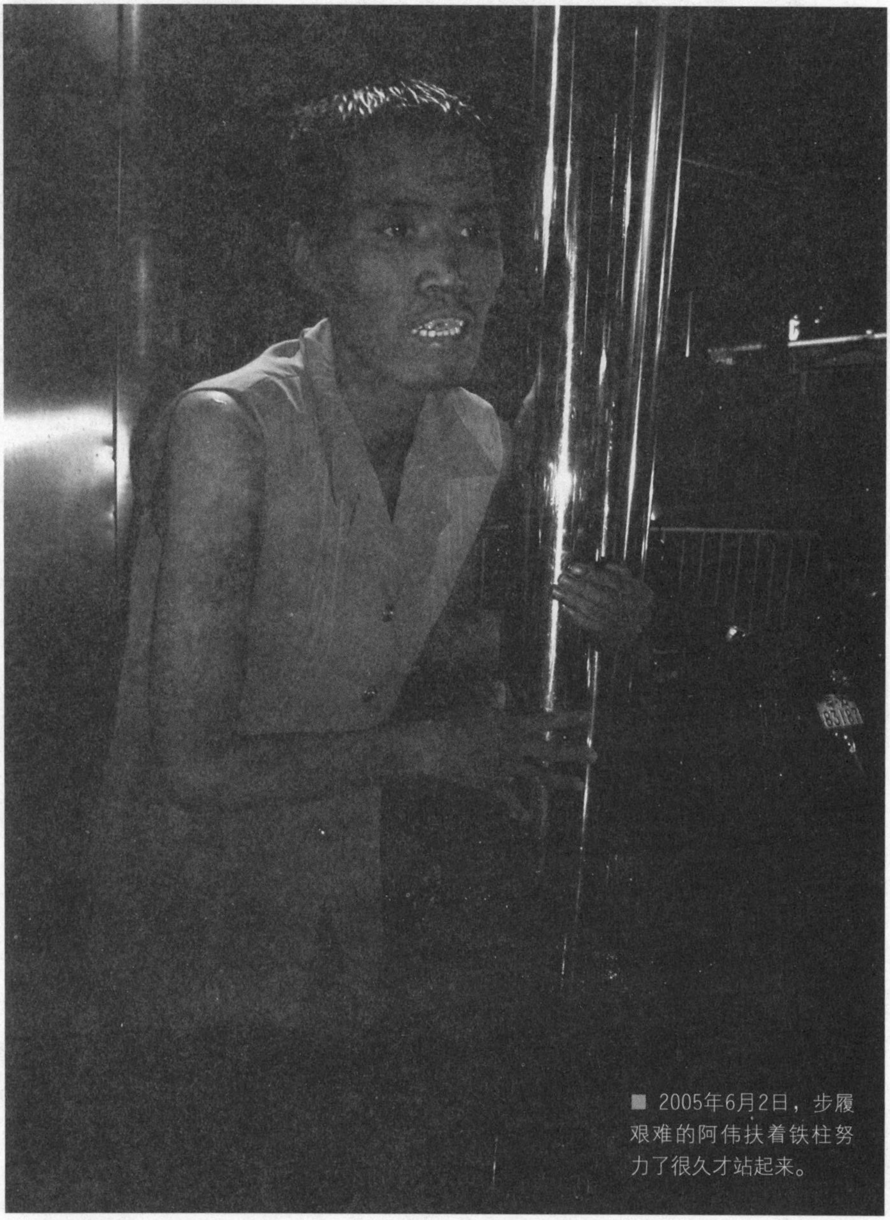

■ 2005年6月2日，步履艰难的阿伟扶着铁柱努力了很久才站起来。

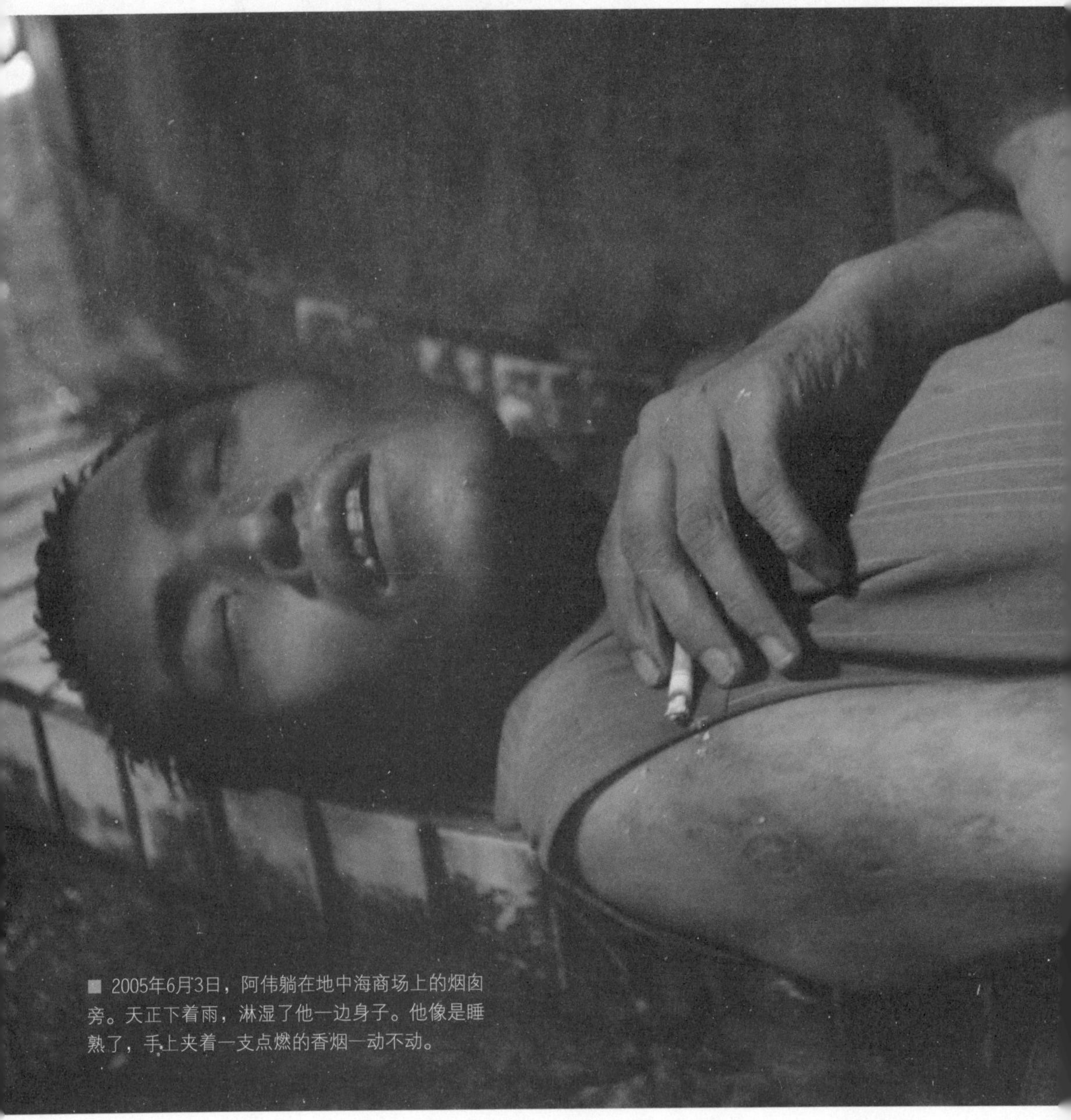

■ 2005年6月3日，阿伟躺在地中海商场上的烟囱旁。天正下着雨，淋湿了他一边身子。他像是睡熟了，手上夹着一支点燃的香烟一动不动。

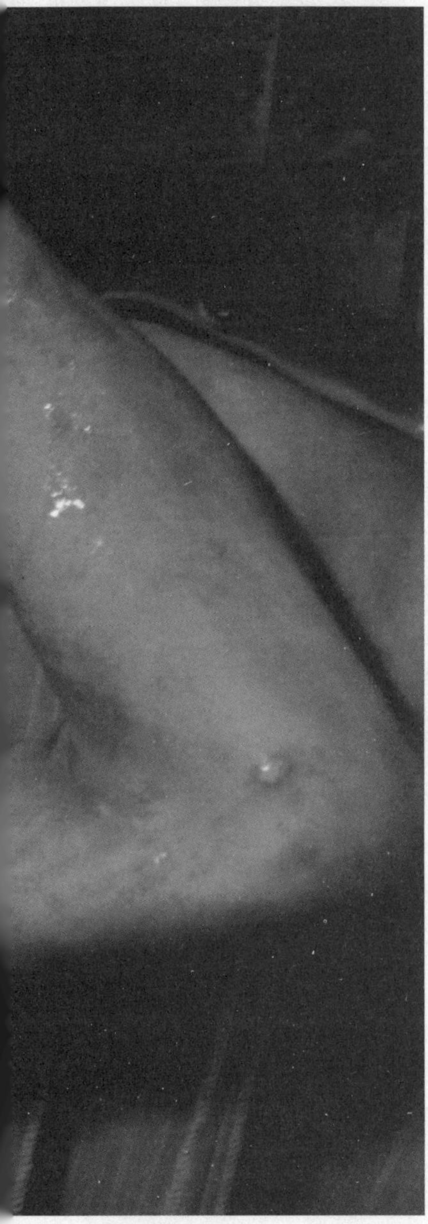

雨过天晴，我在“地中海”出口处见到了阿伟。他坐在地上，面前还摆着一块废纸皮、一个空铁罐。纸皮上歪歪扭扭地写着：先生、小姐，本人生命很快终结了，请行行好，给点钱，给点吃的。

很长一段时间，路人众多却无人施舍，大家只是用好奇的目光打量一眼。一名等车的旅客不知情蹲在他身旁。他以为找到机会了，脸上立刻露出凶相，掏出一个注射器挥舞，要旅客给钱。旅客看了他的乞讨纸知道他是快不行了，没有理他，站起来走开了。他连站起来的力气都没有，只好看着那人离开。

我从一个卖食品的小贩买了两个饼给他，但他咬了两口就扔了。我走过去问他为什么不吃点，他说吃不下，接着就问我借钱。

“哥，能不能借20块钱给扎一针，到时侯会还的。”

“你都这样了，怎么还呀?况且我从不给你们现钱，那是害你，给食品给烟抽给药都行。”他的五官拧成一团，疼得龇牙咧嘴，而且毒瘾上来了，简直痛不欲生。看他那副样子已无望。

车站保安看见有人围着他就过来赶他走，他只好往马路对面爬，那边是流花辖区。对面

■ 2005年6月4日，阿伟躺在铁路和地方管辖的中间线。见他快要死了，双方都不让他越线。

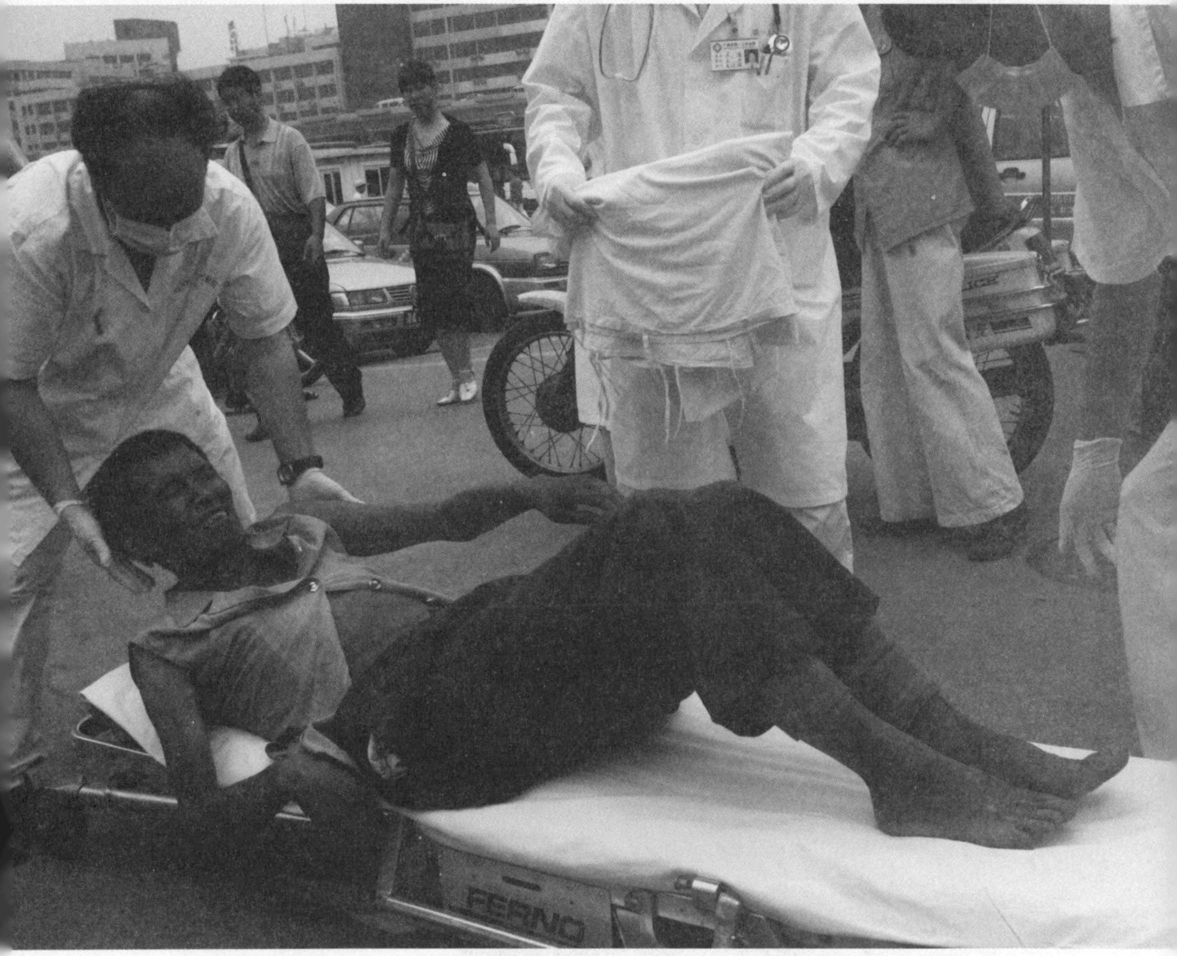

■ 2005年6月4日，停留在铁路和地方管辖中间线的阿伟最后给救护车拉走了，这是他最后的影像，第二天他就死了。

的保安又不让他爬过来，他只好坐在马路中间。就这样僵持了近一小时，直到有人打了“120”，医务人员用担架把他抬上车送走了。

后来，再也没有人见过阿伟。

“佳木斯”

2004年9月30日上午，我来到广州火车站采访国庆市民出游情况，任务完成后来到了广场东面，打算继续了解吸毒群落的生存情况。

国旅大厦门前停着一排车，走过时，车缝里似乎有晃动的人影。我看过去，果然，有人在脱裤子扎针，旁边的树底下也有几个

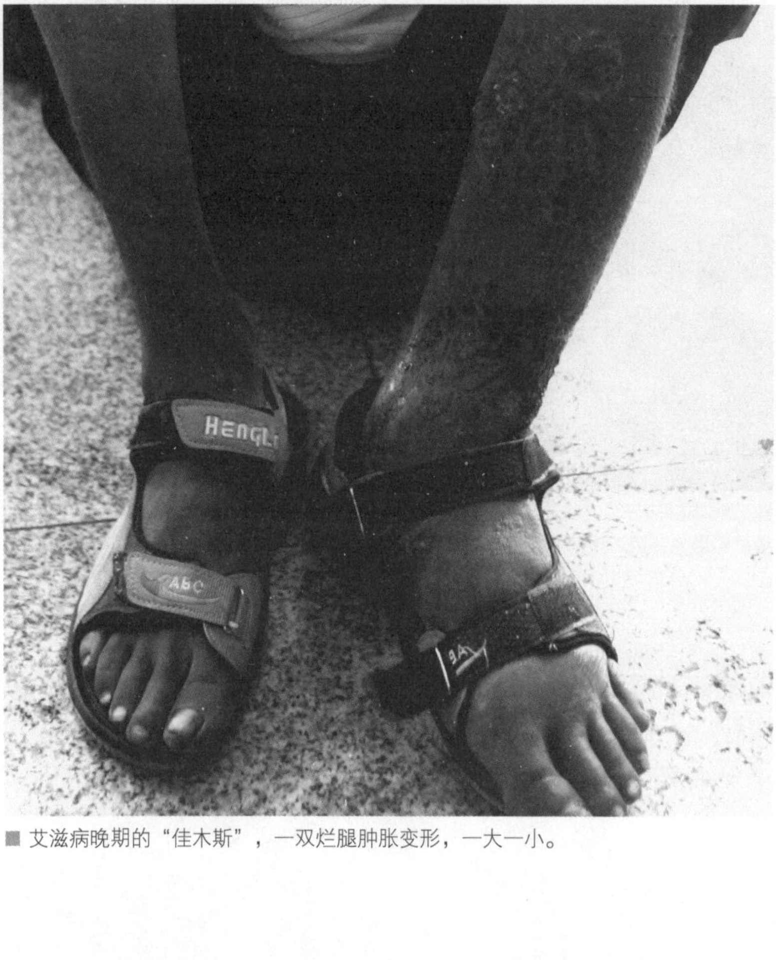

■ 艾滋病晚期的“佳木斯”，一双烂腿肿胀变形，一大一小。

■ 2005年7月28日，烈日当空，“佳木斯”光着上身在广场上寻找“猎物”（敲诈对象）。

人往手腕上注射。我刚掏出相机准备拍摄，一名吸毒者刚好抬起头看到，四目相对的一刹那我俩都怔住了，我认出他是我2000年报道过的吸毒者——“佳木斯”（因为他是佳木斯人，大家都叫他“佳木斯”）。显然他也认出了我，立刻起身把注射器拔出，握在手上追着我喊：“马上删掉，我有艾滋病，不然扎你一针！”

我忙跑到一旁的进站门卡处，挨着值班民警站着，他没有追进来。几分钟后，他把注射器收起离开，往中广场走去，看样子是去“干活”（敲诈旅客）了。

不多久，在入站的通道上我又看到了“佳木斯”。他坐在地上，脸上是毒瘾发作的痛苦状，一蓬鸡窝似的乱发因为浇了些雨的缘故耷拉下来，一撮撮贴在头皮上。一大一小的两条腿上好几个烂洞，溃烂得肿胀变形，没注射毒品站都站不起来。

他是患有艾滋病的吸毒者。2000年身体好的时候在广场上转一圈就能敲诈到一天的毒资。

■ 手脚和肩膀都没处注射，干脆扎到大动脉上。

■ “佳木斯”注射完毒品，很缓慢地站了起来准备去开工。

■ “佳木斯”勉强地站起来了，马上拉住一名乘客的行李包要钱。

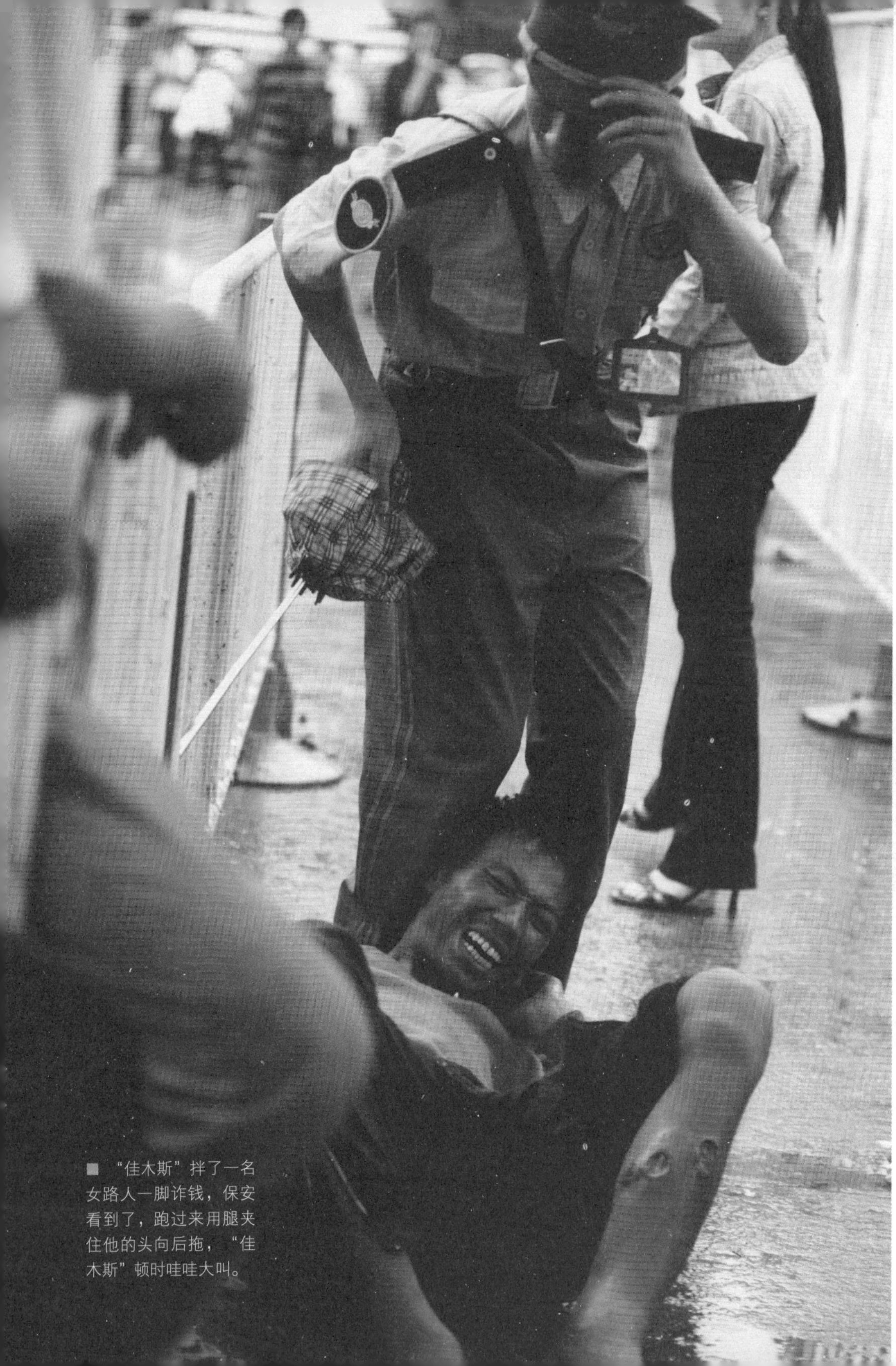

■ “佳木斯”拌了一名女路人一脚诈钱，保安看到了，跑过来用腿夹住他的头向后拖，“佳木斯”顿时哇哇大叫。

如今的他，像一副干柴，站都站不起来，还有谁会怕他呢。

他坐在那里百般无奈。正好有一个女子经过他身边，他马上伸出一条腿拌一脚，赖人家踢了他，要赔钱，用手拖住那女子不放。

保安见状赶紧跑来，用双腿夹住他的头往后拖，他喊叫挣扎着。一旁的女子有点同情他，丢给他20元钱。他拿到钱马上就喜笑颜开，立马从毒贩那儿买来一包白粉准备扎针。

吸毒多年，身上的血管很难找到了，“佳木斯”在手上和脚上寻觅着，多次扎不进去。肩膀上也不行，反反复复多次，最后只能冒着血管爆裂的危险在大动脉注射。

“佳木斯”精神慢慢好起来了，他踉跄地站起来，一摇一晃地移动着脚步，才挪了几步，就马上拉住一名乘客的行李包伸手要钱。

这大概是“佳木斯”最后一次“赚钱”。之后就躺在广场上，再之后躺的地方空了出来，周围的吸毒者都绕开那个地方走，再过了两天，无数的脚从上面踩过。

■ 2005年7月8日"佳木斯"撑不动一双烂腿，只得坐在保安亭旁守株待兔。

小路

2005年11月13日，我像往常一样又来到了火车站广场。

出租车通道旁的一棵大树下又有人在注射毒品，我赶紧掏出相机迅速地按下快门连拍了几张。

还是被他们发现了，其中一人威胁我："你再拍我叫小路来扎你一针，小路有艾滋病！"

我一听"有艾滋病"，心里一惊，一边递烟一边笑着问他："谁是小路，你怎么知道他有艾滋病？"

他告诉我小路是经有关部门检查出来的，此刻没时间带我去找。我便一边打听一边寻找。一个吸毒者指着在一旁地上坐着、目光呆滞的人，"喏，他就是。"

我递给他一支烟，想和他说话。还没等我开口，他便问我："你到底想要什么新闻，想知道什么，我都可以告诉你。"

我还没见过如此爽快的吸毒者，我反问他："你知道什么，能告诉我什么？"

他想了想，"这样吧，我把我的经历告诉你，这是最好的新闻，将来出书还可教育人。"

小路在广场上派时刻表，因病得太重40岁的人看上去像六七十岁的老头儿，没人怕他，经常敲诈不到钱。

小路告诉我他来自东北辽宁抚顺，20世纪80年代就来广州了，刚开始是从东北带女孩子来广州。

我有点不解。

■ 2000年，在走马岗的破房子里，小路（中）注射完毒品睡着了。

■ 小路在广场上派时刻表敲诈，路人瞟一眼这个弱不禁风的“老头儿”，毫不在意地走了。

他很干脆地解释说：“就是做鸡头的，手里控制过4个女孩子，后来没干了就来火车站，大概有10年了吧。”

“开始在火车站是炒票、拉客，吸上这玩意十几年了。”他吸了口烟，含了含从鼻子中喷出。

小路弟兄四个，他是老二，“我们家就我最没出息，落到了这个地步。”小时侯的小路，不好好学习，读了两年书就辍学了，从此在家里胡混，偷鸡摸狗，打架斗殴，成了方圆数十里出名的“霸

■ 小路在广场上冥思苦想，寻找最老实、胆小的旅客下手。

王”，家里人拿他没办法。后来，找了个媳妇，还没有办婚礼，他就南下广州，那是1987年下半年。

到了广州，打工的生活对他来说简直不是人过的。不久，他就找到了一个来钱快的“门路”——回到家乡，以替工厂招工的名义骗女孩子来广州，然后把她们送到酒店、发廊等地方卖淫，赚取大量的黑钱。“那时我的钱真是很多的，大把大把的。”有了钱的小路就整天地酗酒，经常是花天酒地，醉生梦死。

“有一天，就是1987年底，我喝了酒，醉熏熏地，躺在床上休息，我们老大进来了，给了我一包白粉，当时我不知道那是什么东西，他告诉我说那是海洛因，可以治病，现在大家都吃。我就吸了几口，当时呛得我直流眼泪，他就让我慢慢来，一次少吸点。这样过了六七天，那一天我还没有吸，感觉身上很难受，我就告诉了老大，他当时就笑了，说我有瘾了，他又让我吸了一包后，我马上感觉舒服极了。”

从此，小路再也没有摆脱毒品，直到把手里的钱吸完，最后流落到火车站。

在广州火车站，小路结识了一帮“打流者”，他们采取或偷或抢或敲诈的手段“经营”着自己的生活。不久，小路又在“扎针”时感染上了艾滋病病毒，这反而给了他一个“谋生的手段”：拿着用过的针管威胁过往的旅客，敲诈钱财，这样的日子一过就是十多年，大家还是习惯性地喊他小路。

“你怎么知道自己有这种病？”我问。

“经医院检验过的，还有检验报告单，你千万不要告诉别人，只能在以后出书时用，（之前）不能给任何人看。”他一边说一边解下裤带，小心翼翼地从内裤的口袋里掂出一个小塑料袋，又从塑料袋里取出一张纸递到我面前。

这是一份市一人民医院的HIV抗体确认报告，日期是2004年9月6日。

报告单上的姓名是××路，40岁，无职业，在押人员。送检标本是血液，结果是两项阳性，一项酶联免疫吸附法（ELSA），另一项是明胶凝集法（PA），还有一项是免疫印迹法类型——血清质控

■ 小路拿出证实他有艾滋病的检验报告给我看,那是有一次他被抓去强制戒毒时检验出来的，确诊后戒毒所把他放了，还给了一份复印件说以后如果被抓拿出来给人看就会放了他，这招还真管用。

带，结论HIV——抗体阳性。

我问他得这病多久了，有什么感觉。“大概有5到6年了，2000年有一名记者报道过这里的吸毒情况，还拍了我的照片，在走马岗的一间小屋子里，当时我扎完针正躺在那，就被抓去戒毒了，验出来得了这个病。”

看着面前这份检测报告，我又震惊又恐惧，经常听吸毒者讲他们当中很多人有艾滋病，一直都无法证实，以为只是吓吓人而已。

我本能地想到和他保持距离。我从包里取出一双备用的白布手套戴在手上，拿着报告单放在地上拍了几张。

他用哀求的语气对我说：“大哥，你看我都这样了，能不能帮帮我？”

“我能帮你什么？”他说要买药。见我有点犹豫，他说：“要不这样，你不要给现金，你怕给我现金一会儿又去买‘白粉’，你跟我去药店开了药你帮我付钱。”

我听他这么一说就答应了，跟着他往站西路走，他走得很慢，我走一段要停下来等他好一会儿。他已病入膏肓了，好不容易走到站西路和广园西路交界处的一个小门诊部，上面还写着国营两字。

他用东北话和老板说话，老板开给他一瓶进口氨基酸、一支先锋6号、一瓶葡萄糖水。他要求老板帮他打吊滴，老板没同意，让他自己打，并给他注射用的吊针管。

回到广场上的出租车出口旁的小树下，他取出药把药瓶倒挂在树杈上，就这样打起针来了。

第二天见到他我问他好点儿没，他说好很多，感谢我救了他一命。我问他感觉自己还能活多久，他说好的话1到2年，但也有可能

■ 小路经常发烧烧得骨头痛，请我帮忙买药，带我到广园西路老乡开的无牌诊所。老乡开了药，因为知道他患有艾滋病，不肯帮他注射。

■ 小路只好拿药回广场上让同伴挂到树上打吊滴。

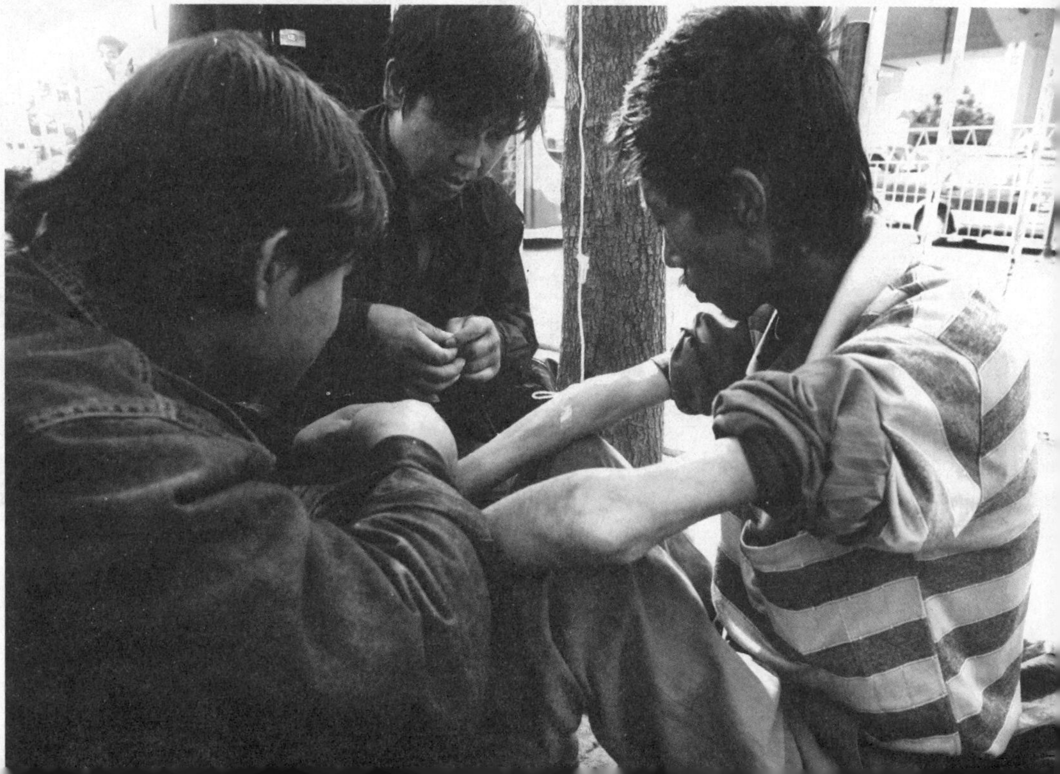

■ 常用的消炎药水，带给小路救命的幻想。

过不了这个冬天。

第五天我去找他，不见人影，碰到他的两个好伙伴，过了约十分钟，他们俩把小路扶着走过来了。

“你怎么这样了？”

“全身都在痛，骨头发烧，可能是病情在恶化吧。”

我领着他来到出站口的一家商店挑了一包蛋糕，他问我下午还来吗，我说不来了，他说不来我要拿多点，又拿了一包。

我问他：“你现在还打针吗？”

他说：“没钱，最多一天打一次，不定期的，什么时候有钱什么时候打。”

正说着，有个年轻的“道友”从裤袋里抄出了一叠钱，大概三四百元，故意在小路面前数起来。小路看着那叠钱，贪婪的眼睛睁得大大的，还冒着光。“能不能先借20元给我买一包。现在都没力了，干不了活，等干到活马上还。”

这个人没同意，又还故意地点了一遍钱，小路咽了口唾沫，死死地盯住他手上的钞票……

22日上午10点，我又来到了广场。走到小路常睡觉注射的地方，没找到他，今天这里倒是比往日干净了许多，吸毒的人也大多不见了。我绕着整个广场走了一圈，还是没看见他，只好回到出租车通道旁的大树下等候。一来到大树下就见到小路的伙伴，他刚扎完针，有些站不稳，说话口齿不清。

我问他有没有见到小路，他回答说昨晚还和小路一块儿睡觉，不知道现在到哪儿去了。正说着，走过来一名戴眼镜的吸毒者，对我说：“你的朋友小路今天早上8点多被抓走了，被抓的有好几个，可能今晚会放出来。”

我又转了一圈，发现今天确实管得挺严。唐山人老王因为用时刻表骗了旅客50块钱，被当场抓住。我今天本打算跟踪采访小路，现在他被抓，我也不再久留。

第二天上午10点我来广场后，直接往小路睡觉注射的地方走，远远地就见他坐在那里。看我来了，他忙告诉我说昨天吸毒被抓了，关了12小时，晚上9点多放出来的，他还拿出一张传讯通知给我看。

聊了一会儿，小路说今早开工弄到了钱，要准备扎针了。问我带相机没有，要不要拍摄。我说带了一部小相机，拍不拍无所谓。他说你等着吧，我去买个注射器。

几分钟后他就回来

■ 经常卖毒品给小路的老乡要走了，来向小路道别，样子还依依不舍。这两人向小路告别时，女子不愿意面对镜头，只留下两人向小路道别的背影照。

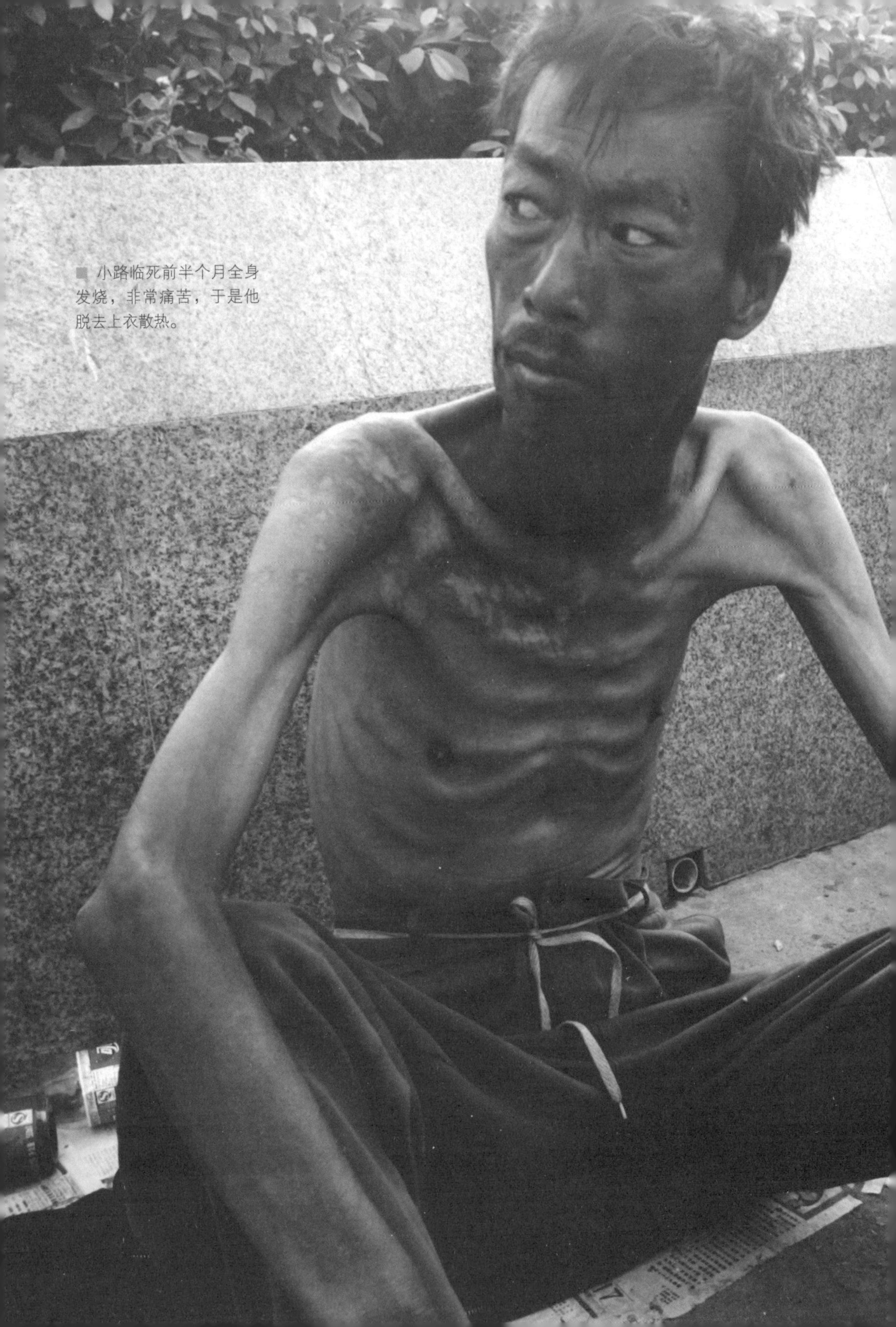

■ 小路临死前半个月全身发烧，非常痛苦，于是他脱去上衣散热。

了，躲在一个靠马路边的电箱后面，把毒品装入注射器，用手指弹了弹算是稀释，然后迅速脱下裤子往小腹处扎下。

再次见到小路，是在一个闷热的下午。他蜷缩着身子躺在苗圃的边沿，一张破旧的报纸盖在他的脸上，远远地看去，好像已经没有了生命。“难道小路已经死了？”我心里一惊，本能地拿出相机，将镜头对准小路。

小路猛地坐了起来，警惕地朝这边看过来，目光有点毒毒的。我收起相机，走近他。

“怎么这么长时间都没有见到你了？”

“被抓去医院了。”小路有气无力地说，声音低得几乎听不到。

原来，他上次“扎针”的时候，本来在右边的大腿动脉处扎的，突然，左边大腿的动脉一下子爆了，鲜血直流，怎么也止不住，旁边的人都吓坏了，就打了110和120，民警和医生把他送到医院进行抢救，光医疗费就用了两万多。但是小路却不愿意接受治疗，也不愿意说出自己的家庭住址，就趁医护人员不注意，偷偷跑了出来，又回到了火车站广场。

小路说，只有火车站广场，才是他的“家”，只有在这里，他才能够生存下去，尽管他也知道这里是他必然的葬身之地。在这里，没有人强制他戒毒，没有人看不起他，没有人限制他的“自由”。有的只是来自“合作伙伴”的悉心照顾，还有每天需要的时候就能够进行的“扎针”。

现在的小路，已经没有力气“干活”了，甚至连走路的力气也快没有了，整天整天地躺着，或者是垂着脑袋，弓着身子坐着，眼睛时常闭着，间或转动一下眼珠，警惕地看一下周围，然后就闭上眼睛。

小路说，如果有足够的吃的，同时能够保证基本的“扎针”，他还能够再活两个月，但他的“合作伙伴”却说他“没几天的活头了”。对于死，小路一点也不害怕，他说，他也活够了，感觉活着很没意思，“太累了，活着真是太累了！”他叹息着，低垂着头，微闭着眼睛。

对于自己沦落到今天这种地步，小路说他很后悔，却又不抱怨任何人，“脚上的泡是自己走出来的，不是别人给你的”。

从这以后小路的身体每况愈下，整个人瘦得像具骷髅，站也站不起来，干不了“活”，只能等死。

最后一次见到小路是在火车站对面的高架桥下，他奄奄一息，几乎说不出话了。我问他想吃点什么，他说什么也吃不下，就想喝点水。我给他买了瓶可乐，他艰难地咽了一口。

这是小路最后喝的一口水，到晚上他就死了。

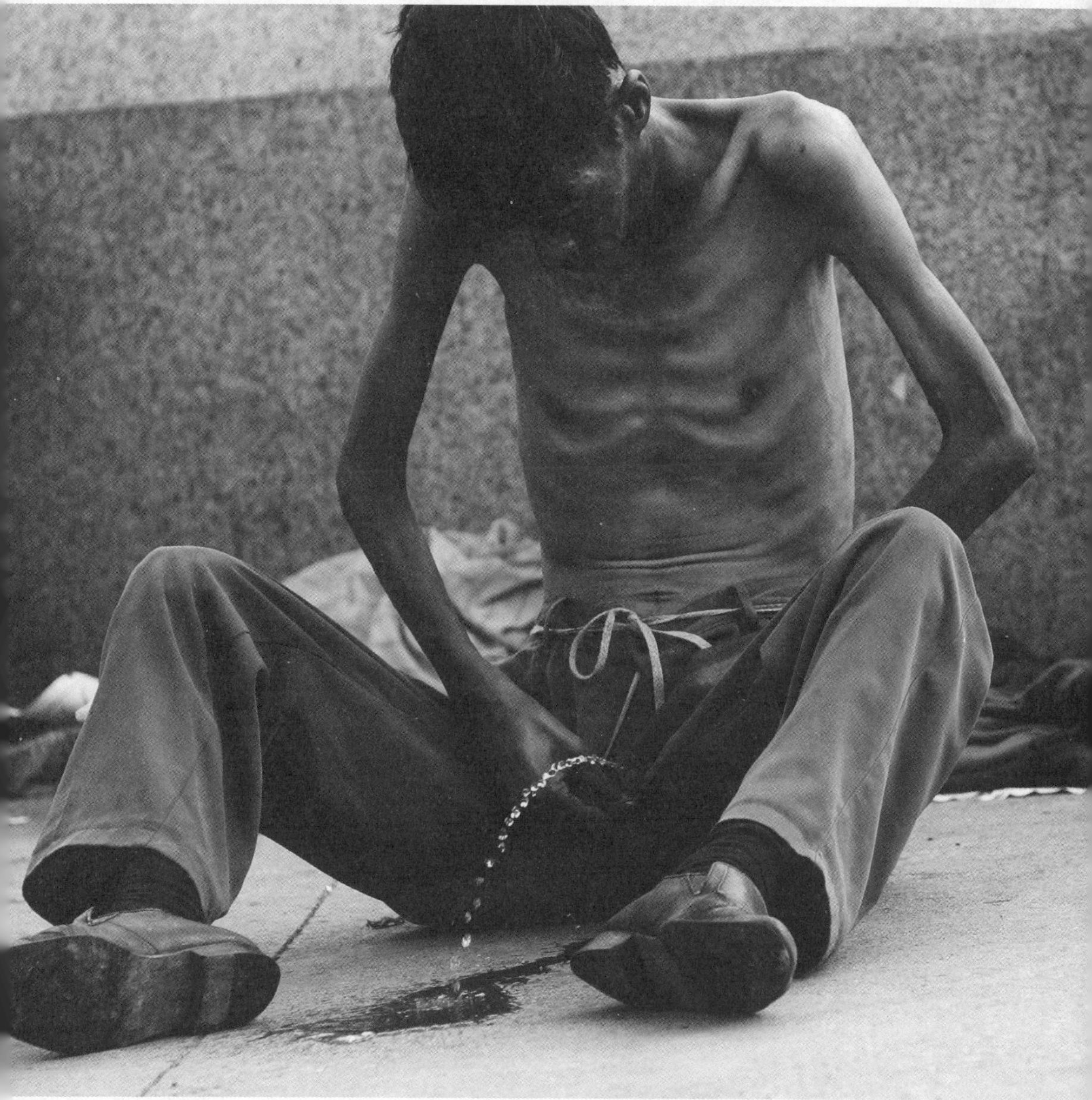

■ 小路已经站不起来了，只好坐着撒尿。

■ 小路躺在火车站对面的高架桥下，奄奄一息，什么也吃不下，这瓶可乐只勉强咽下了一口。

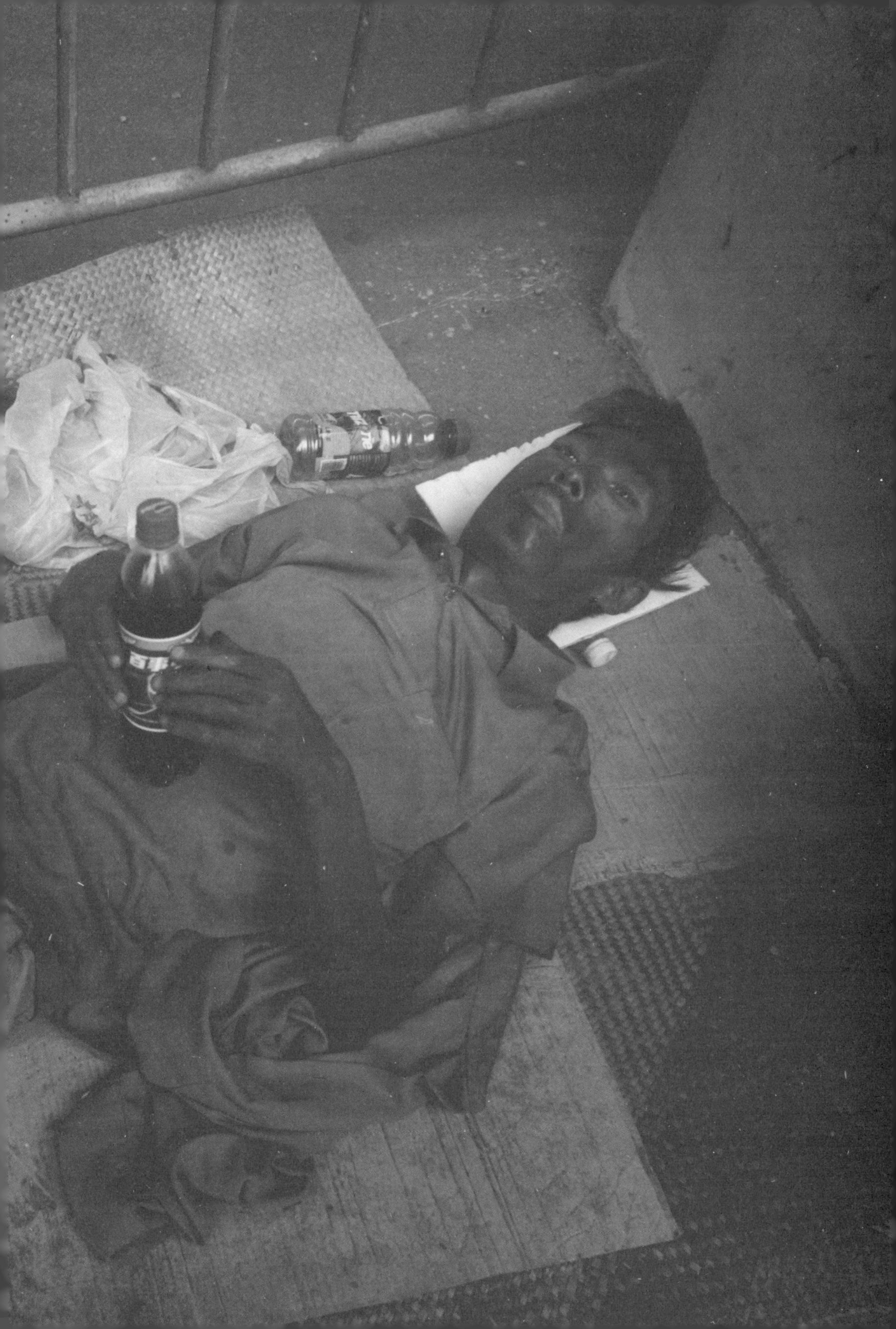

卷土重来和成批死去

2001年，我仍在跟踪记录，但我很少能再见到原来那些吸毒者了。他们对整治感到恐惧，如果见到我也避开。我很想知道，他们过得怎么样。让我困惑的是，整治的本意是希望他们能改造好，为什么他们不能戒毒重新开始生活呢？

2004年，我在火车站广场寻找那些旧相识。

他们通常躲在一些看不到的角落。在地下停车场，一个男人正在脱裤子注射，旁边东一堆西一堆的大小便，臭气熏天。给他照了一张，我屏住呼吸走出停车场。

走到大钟下，在人群中我见到了一个面黄枯槁很明显是在吸毒的人，在我把镜头对准她时，从她瘦得几乎不男不女的脸上认出她是2000年吸毒群体中的一个——王燕。

王燕立即瞪着我的镜头，冲上来拉扯我的衣服："我都这样了，有艾滋病，活不了几天了，你还拍我，快删掉！"

我答应她删除照片。但我觉得诧异的是，似乎从2000年后，后来的人对拍摄都很紧张，尤其是脸。

我点燃一支烟，随手递给她一支，"为什么不让我拍几张呢？"

她告诉我说，2000年时有一名记者报道了他们这里吸毒的情况，结果他们被全部抓去强制戒毒。

"那他们后来怎么样了？"我装作不经意地询问道。

"不久就放出来了，又回到这里吸上了，根本戒不掉。现在大多数人都死了，剩下的其中有两个（一个是"小哈尔滨"，另一个

■ 王燕，来自东北，是2000年采访的吸毒人群中仅存的几个人之一（拍摄时间2004年）。

■ 一名吸毒者变形的腿。

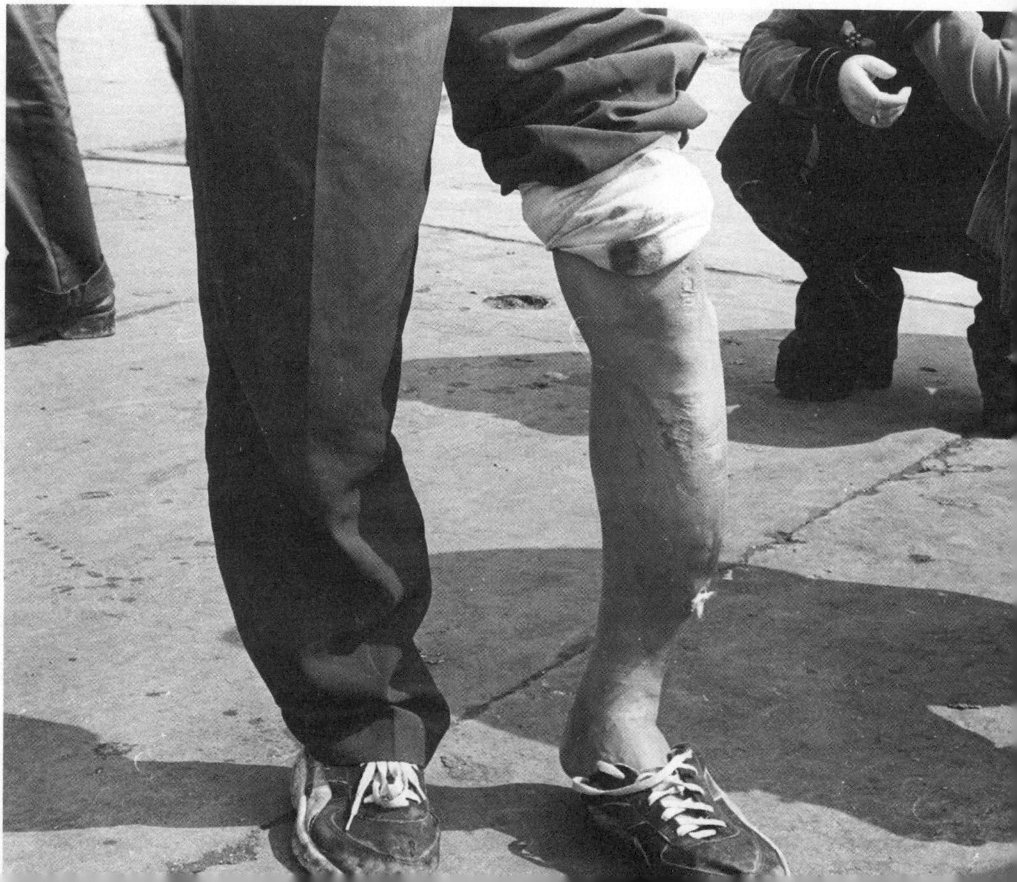

是“小新疆”）当时被有关机构送回家戒毒，其他十来个还在这里。”

他们怕我拍的照片登报后被抓去强制戒毒，更怕给自己的亲人见到后会难过，他们的内心还保持着强烈的自尊。

或许我的变化大，她并没有认出我。她还告诉我黑妹（见后文）和大姐大（刘永，见《独闯毒穴》）是2002年死的，阿牛是2003年死的。去年冬天天很冷有好多人受不了，差不多死了20多个。

那个曾经说要戒毒回家请我去看内蒙古大草原的阿牛竟早就不在了，那些曾生活在我旁边的人已接连死去，我不由得有些悲凉。

王燕今年36岁，在火车站待了近20年，吸毒十多年了，现在是形销骨立。看了那么多同伴挨个死去，早就知道自己是一样的下场。她害怕戒毒的苦，宁可就这样过着等死。

戒毒之难在于“心瘾”难戒。在戒毒机构里很快可以将毒瘾戒去，但一放出来，回到旧环境或是一个自由的环境，他们的毒瘾又复发了。从前在广场上的吸毒者吸食的是海洛因，比鸦片更易上瘾，毒性更大。在这里的吸毒者，除了“小哈尔滨”和“小新疆”被有关机构送回家戒毒，还有小文已在2000年春节被父亲接回家不知结果如何外，其他不是死了，就是又回到广场上复吸

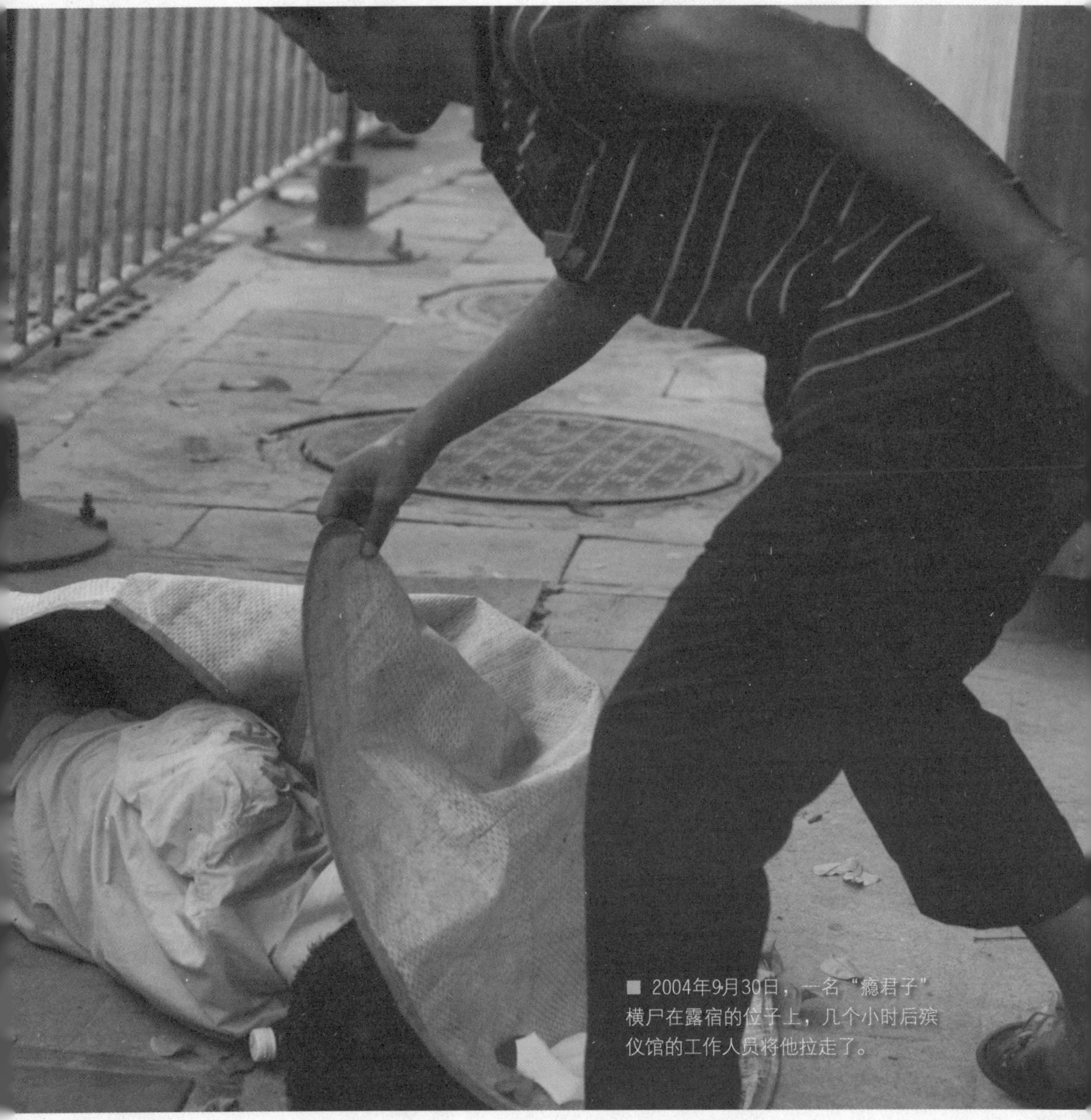

■ 2004年9月30日，一名“瘾君子”横尸在露宿的位子上，几个小时后殡仪馆的工作人员将他拉走了。

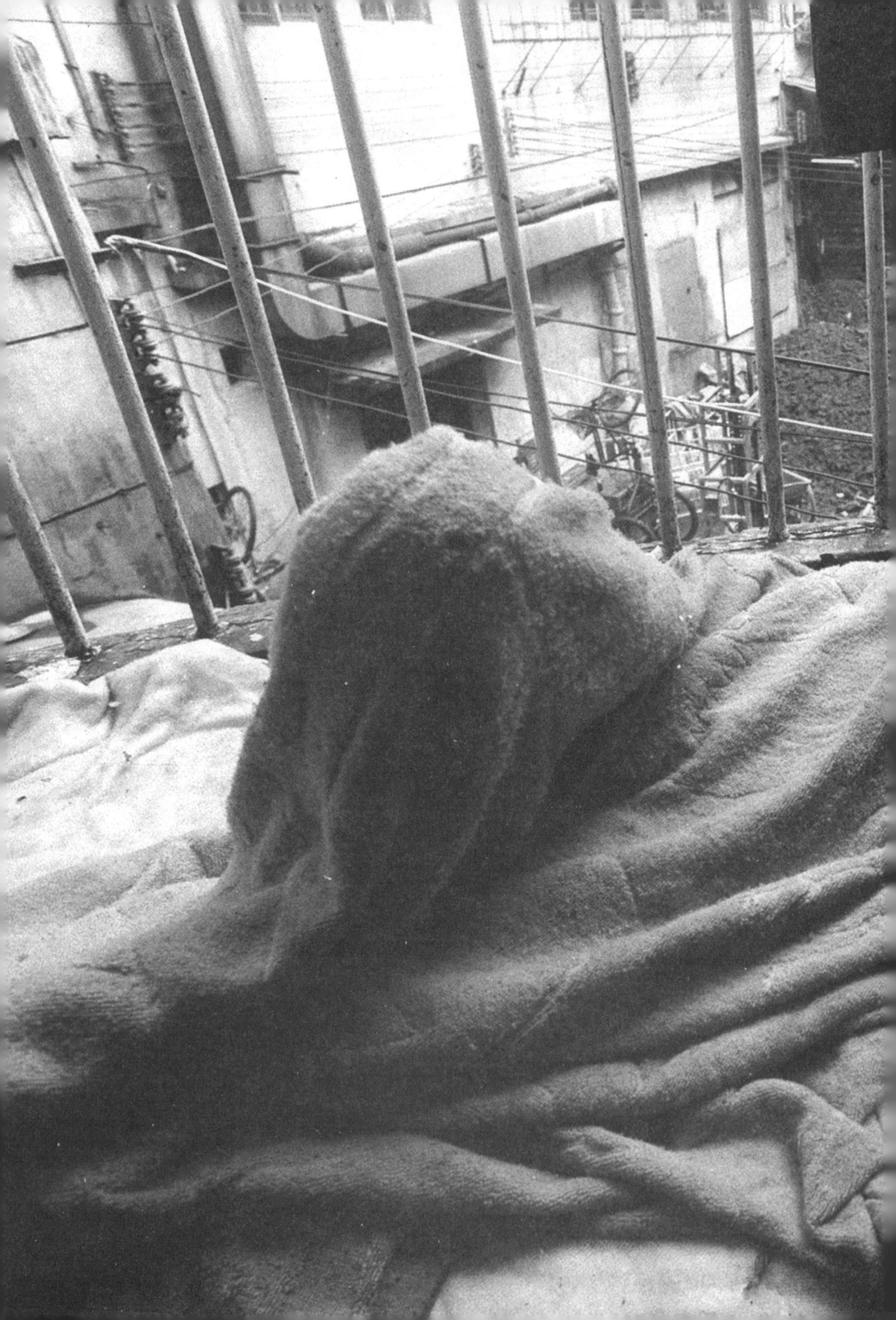

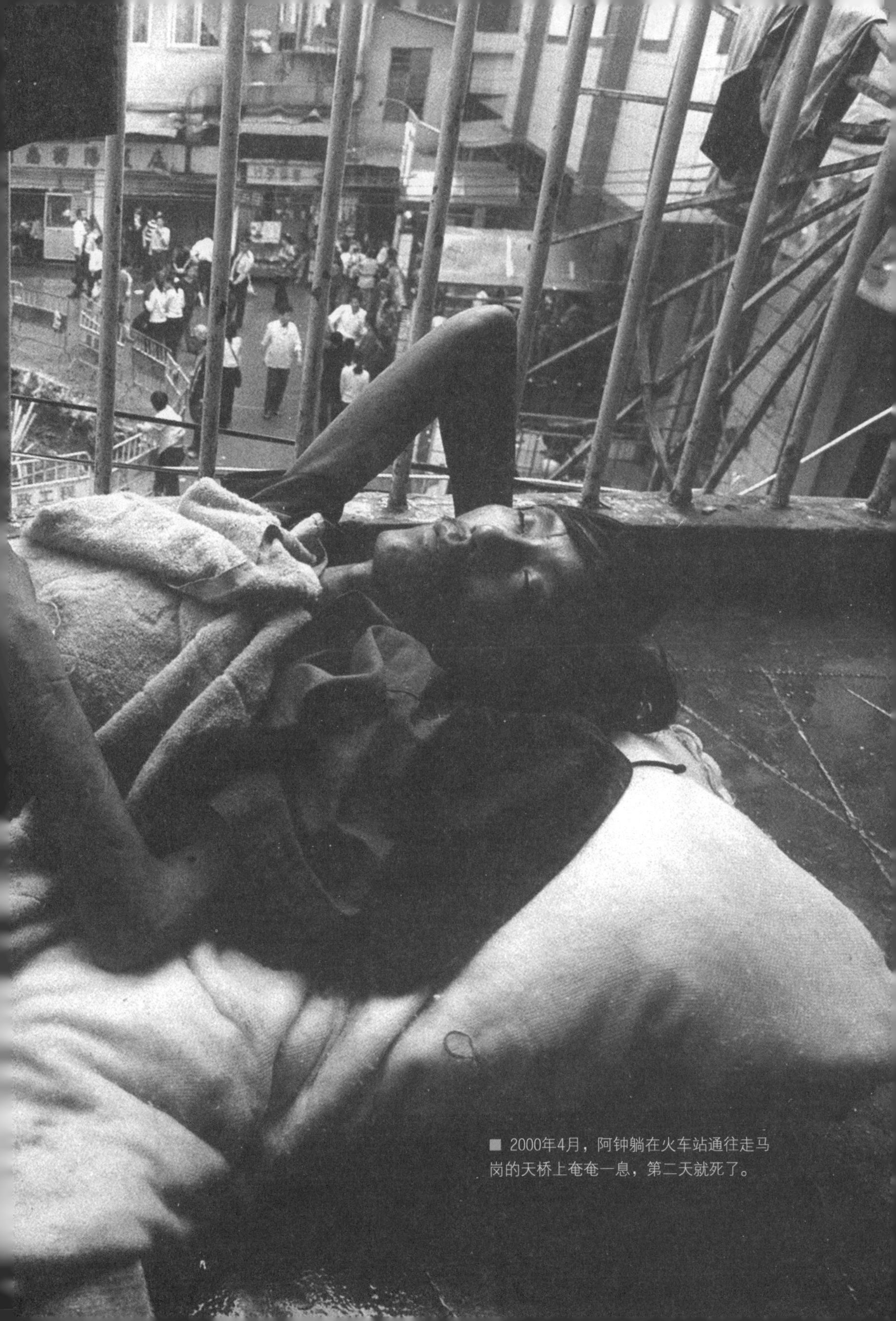

■ 2000年4月，阿钟躺在火车站通往走马岗的天桥上奄奄一息，第二天就死了。

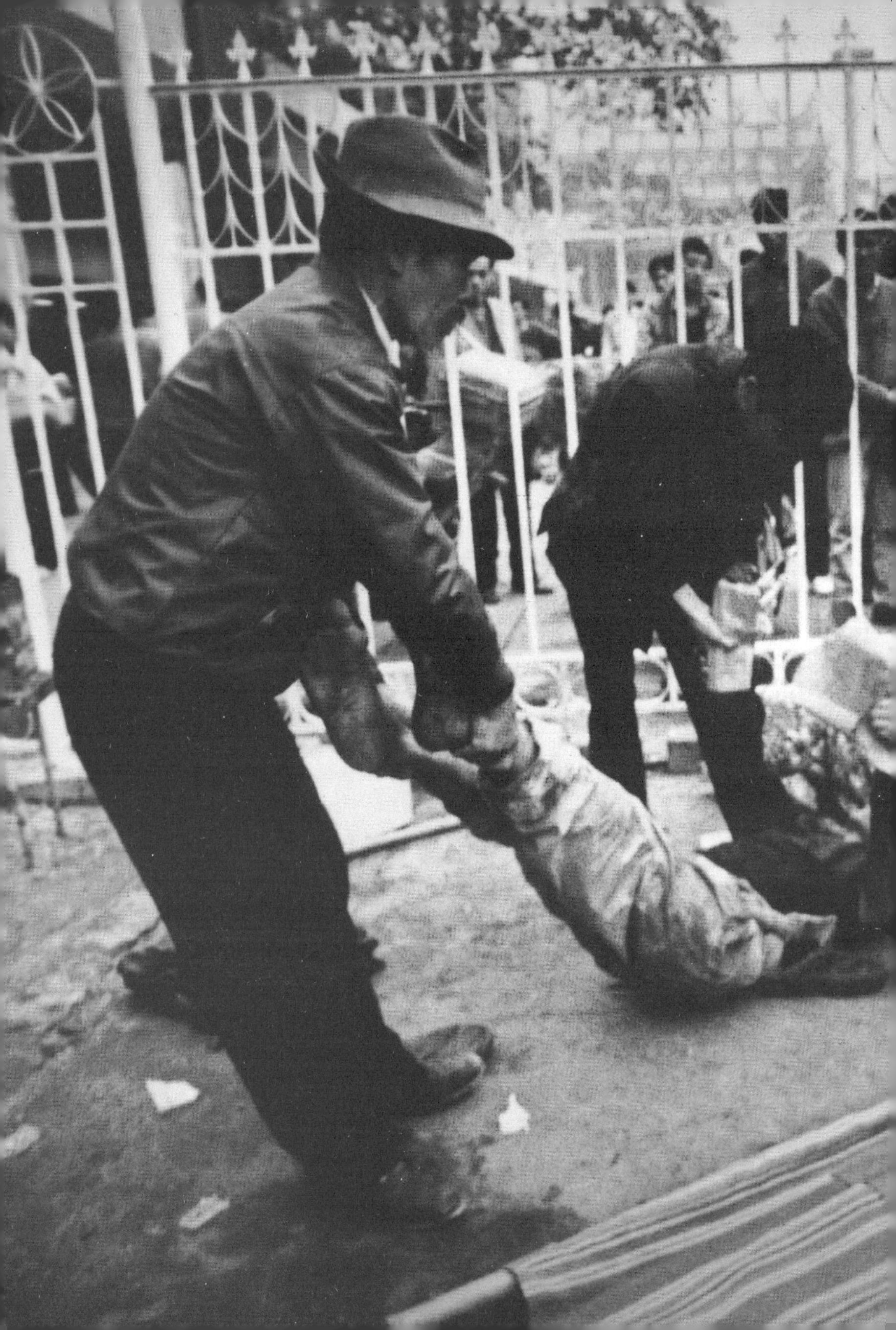

■ 一名吸毒者死在广州火车站的大钟下，工作人员当作无名尸拉去火化。

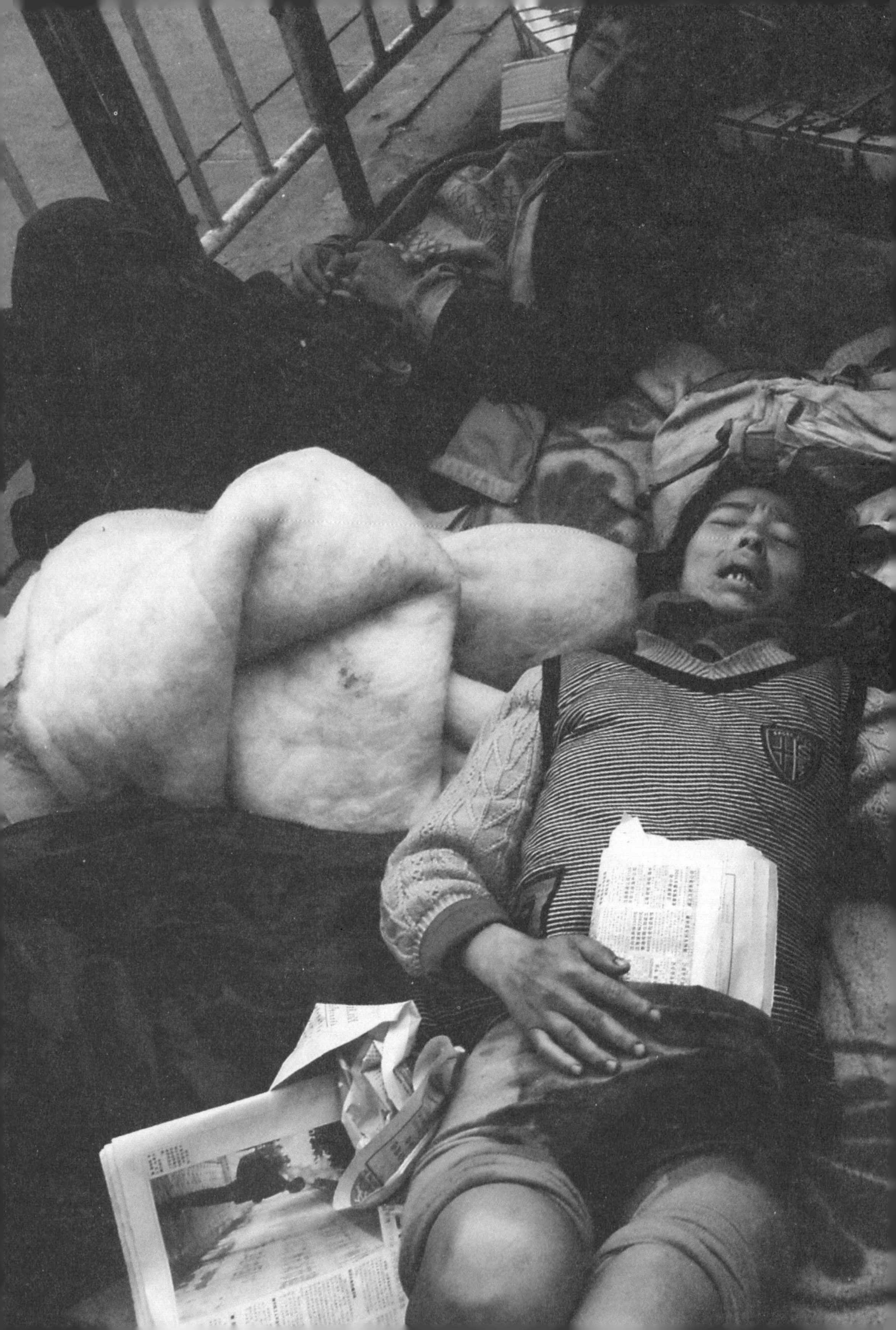

■ 2005年3月18日，这名东北女吸毒者下身全部溃烂，躺在“地中海”上面的烟囱旁，神情痛苦，说不出话。第二天我带了些药再去找她时，才知道她当晚死了。

了。其中，竟还未听说过或见过一个成功摆脱毒品的吸毒者。被送回家的吸毒者，又将给爱他们的亲人带来多少灾难和痛苦？

据说，毒品会改变人的神经系统，让人的行为发生变异，会让本性善良的人在毒瘾发做时做出犯罪行为。

难道，他们从第一次接受毒品起就摆脱不了迅速走向死亡的噩运吗？！如果是，决不能碰毒品第一口。我看到那些毒瘾缠身的“瘾君子”，生活的环境肮脏恶劣。这些境遇悲惨而又堕落的生命，不知怎么样才能让他们离毒品尽可能地远呢？

第五章
吸毒夫妇吸毒女人

艾滋病夫妇

2005年5月19日早上7点56分，天已大亮。

广州火车站高架桥下，一对流浪夫妻还在睡觉。车辆飞驶而过的嘈杂，喇叭鸣叫的喧哗丝毫没影响他们酣睡。他们是吸毒者，醒来就开始为“一天三餐”（每天三次毒品注射）而忙碌。

如果前一晚还有钱，就买一包白粉早上醒来扎入体内。然后就去“干活”——守在磁卡电话亭旁边伺机偷卡。有人到磁卡电话亭打电话，他们就在一旁守着乘其不备偷卡。如果主人看着卡位，女人就在下面拍拍卡主的脚，卡主一低头，卡就被男人偷走了。

这对夫妻，2004年10月还在王圣堂租房子，年底开始露宿火车站广场一带。男人姓朱，江西景德镇人；女人姓

■ 2005年5月19日早上7:56，这对吸毒夫妇在火车站广场前的高架桥下搂着睡得正香。因为他们交不起房租被房东赶出来了，只好露宿街头。

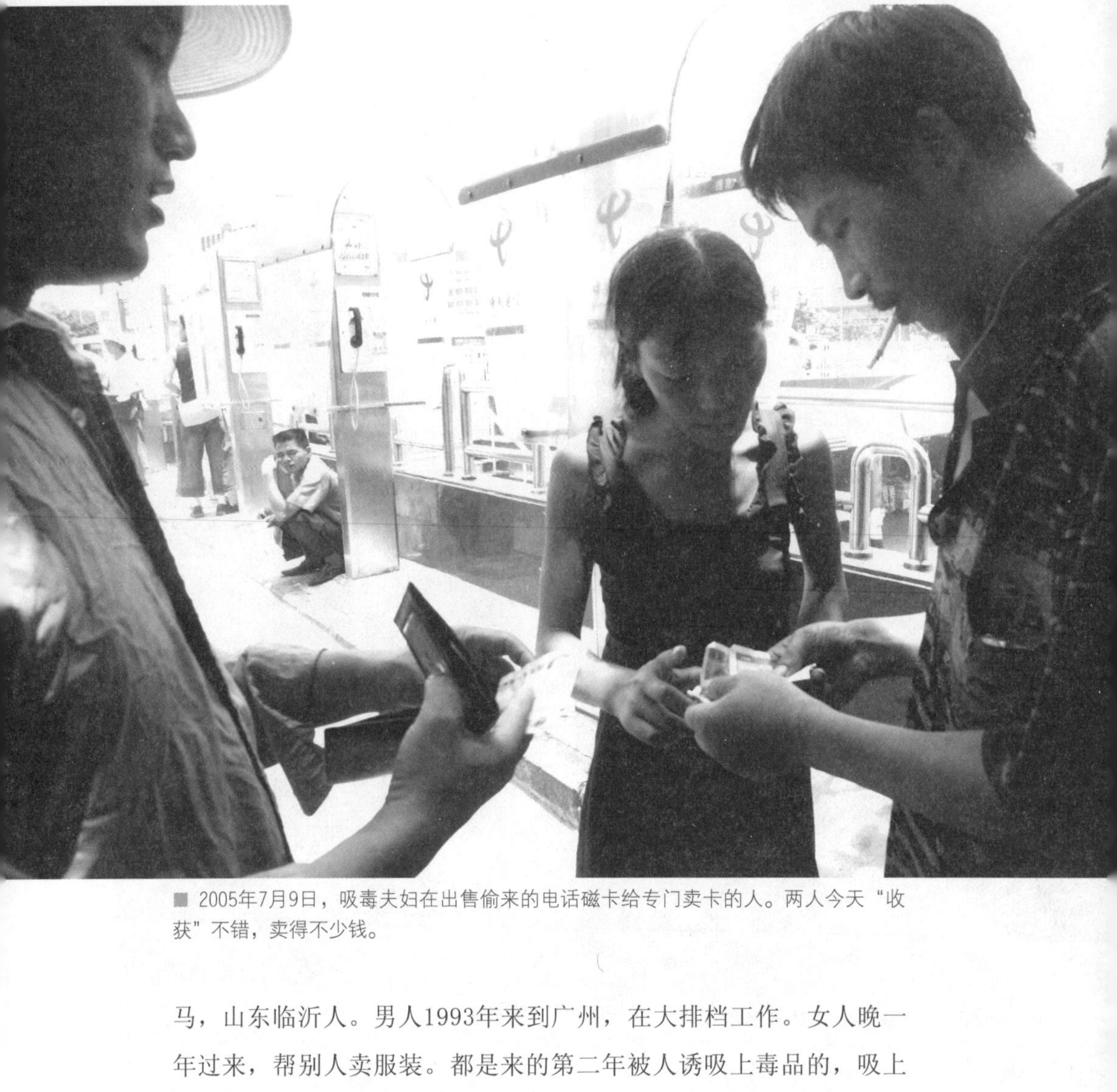

■ 2005年7月9日，吸毒夫妇在出售偷来的电话磁卡给专门卖卡的人。两人今天“收获”不错，卖得不少钱。

马，山东临沂人。男人1993年来到广州，在大排档工作。女人晚一年过来，帮别人卖服装。都是来的第二年被人诱吸上毒品的，吸上后工作也不干了。

两人认识，“缘”于一包白粉：帮人卖白粉的男人遇到了漂亮的毒瘾发作在街上乱找毒品的女人，他慷慨地赠送一包救急。两人就好上了，住到一块儿，一块儿吸毒，一起被抓。他们被焦急的家人分别接回去戒毒多次，又多次跑回来待在一块儿：在家没脸吸

■ 2004年7月9日，夫妇俩注射完毒品，返回磁卡电话亭继续守候。

毒，也买不到毒品。

露宿后他们从出租屋带出的衣物很快不见。两人在街道、绿化带、广场的角落随意大小便，蚊蝇到处乱飞也睡得安稳。睡觉时经常被人划开裤袋偷走钱。身上越来越脏，有时也偷旅客的衣服换。

有一次，我途经解放北铁路桥下，看到他们俩在绿化带丛中扎针，那里到处是大小便，一地乱扔的针头，臭气熏天。有几个瘾君子也在那里注射，有一个注射完站立不稳，差点儿坐到粪便上。

看见我走过去，男人转身背过脸去。尽管对艾滋病很恐惧，毒瘾一来，两人又顾不上了，随便捡起别人用过的针管，也顾不上害臊，裤子褪下一大截就往静脉注射。女人伸手遮住自己的脸，狼狈地喊："别拍我，很丑，很脏。"毒瘾发作的女人又脏又黑，没有了女性的矜持与洁净，拉开裤子就往里扎。

两人因为吸毒衰老很快，但感情却不错，每天拉着手一起开工，一起吸毒，睡觉时也抱得紧紧的，形影不离。有时为小事吵架，但很快和好。两夫妻想既然摆脱不了毒品，就在这里一起死，自己解脱了，也不再影响家人了。

他们和家里的联系不可能就这么断了。因为他们留下一个小孩。

那时跑回广州两人本打算再不回家。但女人怀孕了。吸毒后生理周期没有规律，当时很久都未察觉。等到肚里的小孩很大了，两个人才慌慌张

■ 2005年11月12日，吸毒夫妇在解放北铁路桥下的绿化带中间扎针，看见镜头，女人本能地伸手挡住脸大叫："好丑，别拍！"

■ 2005年7月26日，磁卡电话机旁，刚扎完针，女人站立不稳，赶紧拉住男人的手。

张又回到老家结婚。生下小孩一个多月，很久没接触白粉，再也忍不下去，把孩子丢给爷爷奶奶，马上搭火车南下。

想到自己吸毒却生了小孩，女人感到很忧虑，害怕会对孩子有什么影响。于是她去新港路一家医院和花都做了检查，听说检查结果有艾滋病，吓得连报告单也不敢拿。男人也很恐惧，不敢去做检查。

男人读了3年一年级，3年二年级，2年三年级，1年四年级——就是他自己所谓的“九年义务教育”了。女人读过初中，说话得体一些。她说她有时会看街上的宣传报栏，看到一些关于艾滋病的介

■ 2005年7月8日中午，见到记者在拍照，吸毒夫妇摆出姿势，说拍好点留个纪念。

绍。她不太爱说到自己，但有一次她对我说起了她的忧虑。他们看到这里死去的吸毒者很多，也听说广场上的小路死于艾滋病。虽然他们对艾滋病不是很懂，但他们都感到很恐惧。女人问我小路死时是怎样的，病状是怎样的，得了艾滋病能活多久，还有没有药可救……

两人一直没有勇气给家里打电话，吸毒已经把家里人折腾得够呛，现在又查出得了艾滋病，更不知道如何向家里人交待了。

清醒的时候他们告诉我，他们恨透了诱骗自己吸毒流落街头的“朋友”，对家人和小孩有深深的负疚感。如果两人不是那么无知，多考虑一些，多坚持一下，或许就不至于把孩子置于现在这样可怕的境地了。

天气越来越冷了，他们和几个吸毒者在火车站地下商场餐厅排油烟的烟囱下过夜。冷得厉害时，就算感冒生病，他们的钱也只是拿来买毒品。

2007年初，我又遇到了男人朱某。他在省汽车站旁的电话亭干老本行。一名乘客的磁卡被卡在电话机里面取不出就走了，人一走朱某就用早已准备好的工具勾出来。

这一次再见到男人朱某时，他已和妻子马某分道扬镳。我向熟悉他们俩的吸毒者打听到，罗冲围一带有人雇马某每晚去市区娱乐场所往杯里放药，迷昏人后偷东西。

几个月后我在火车站西广场通往走马岗的天桥上，见到了朱某。他睡着了，嘴上还叼着一支燃着的香烟。

这是我最后一次见到他，之后不久他就死在了瑶台的火车站高架桥下。

■ 2005年5月2日下午，马某一注射完毒品很快就趴在电话机旁的护栏上睡着了。

■ 2007年初，再见到朱某时他正在省汽车站旁的电话亭勾电话卡。

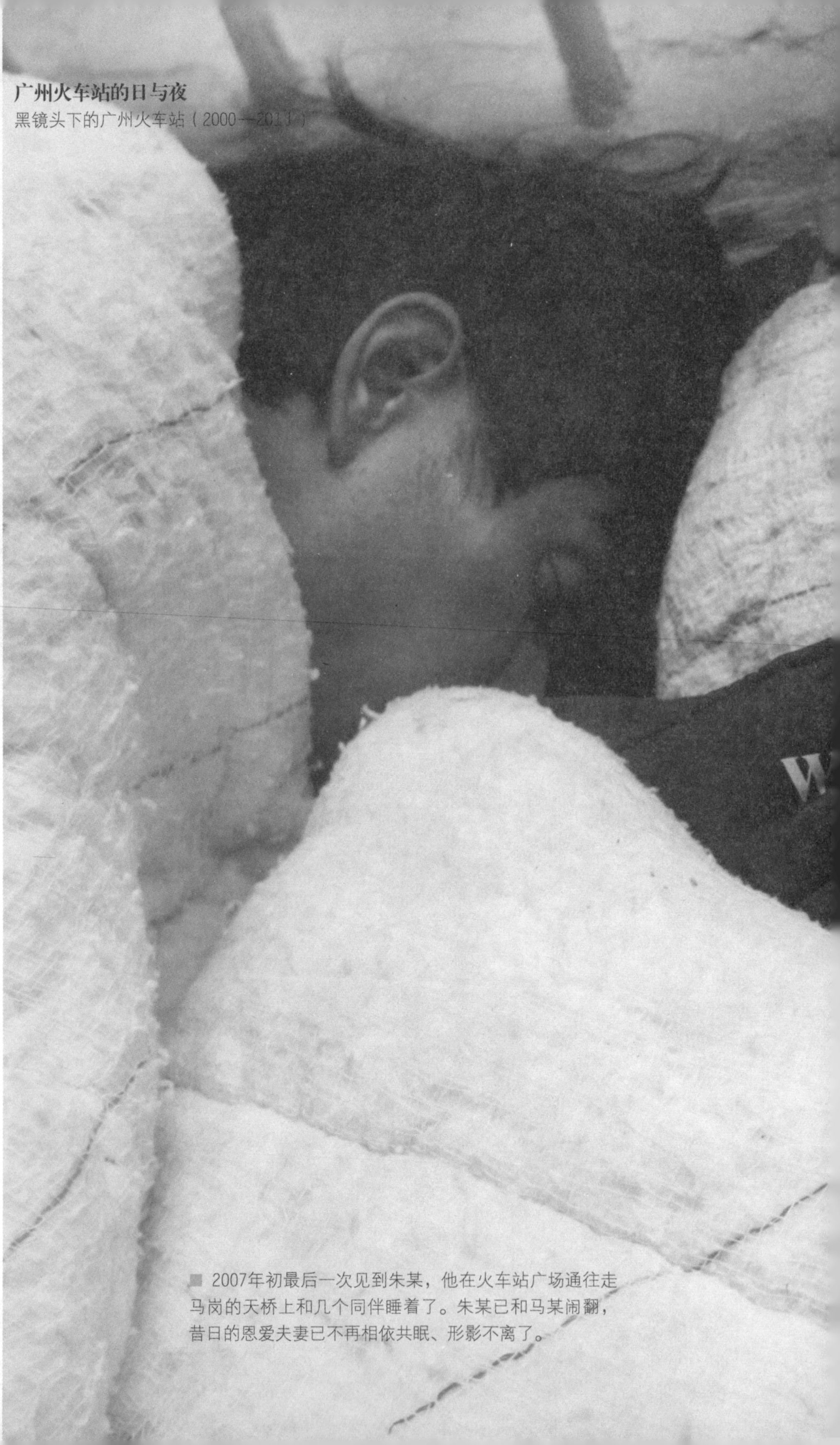

■ 2007年初最后一次见到朱某，他在火车站广场通往走马岗的天桥上和几个同伴睡着了。朱某已和马某闹翻，昔日的恩爱夫妻已不再相依共眠、形影不离了。

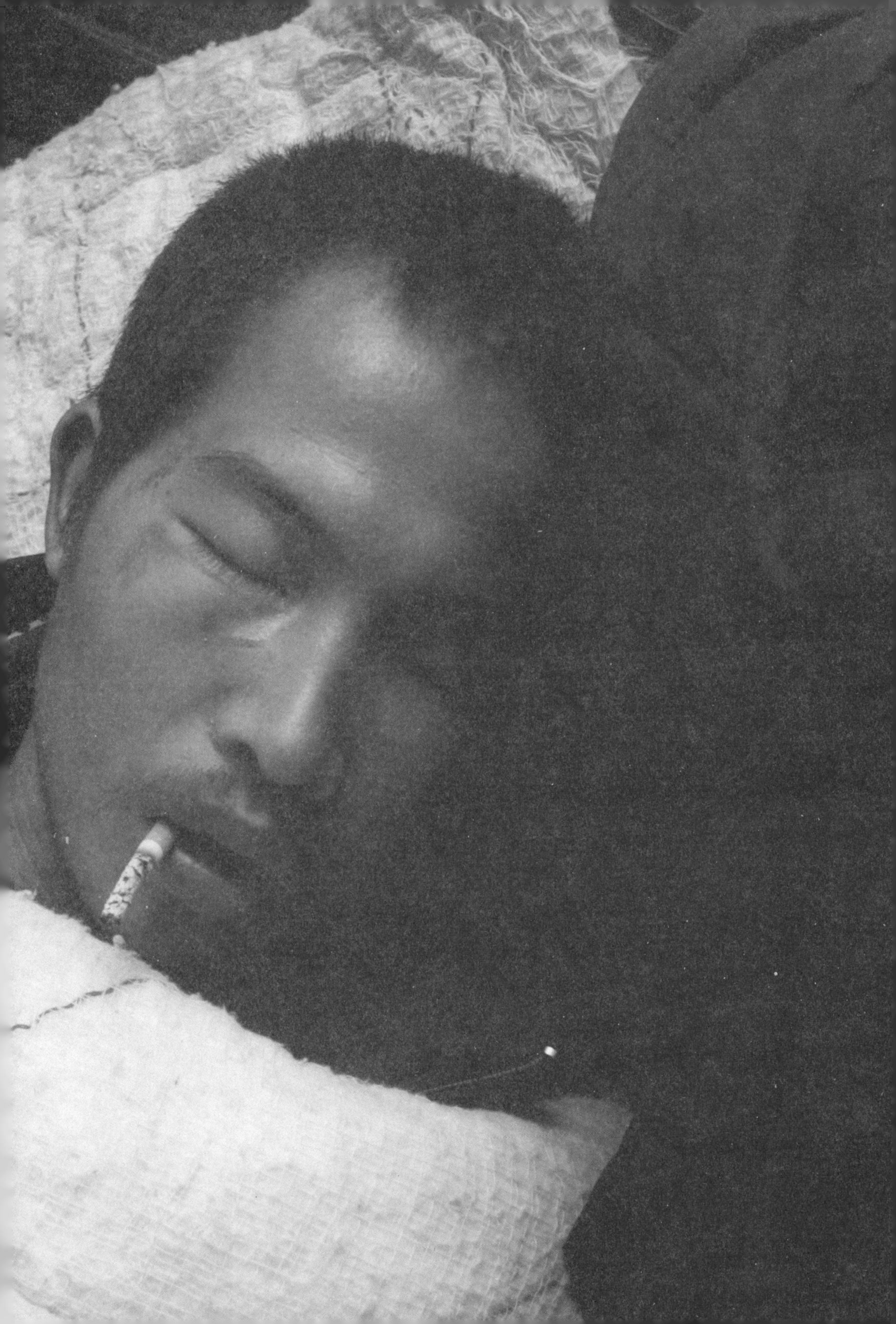

揭西女人

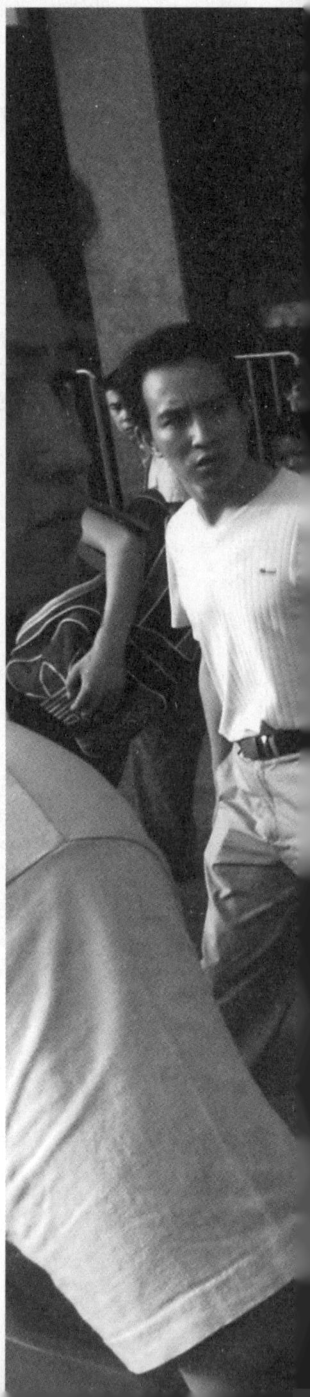

在广州火车站吸毒的大都是外省人，本省的也有一小部分。给我印象最深的就是揭西女人，三十多岁，顶一头红发，带着两个儿子，一个五六岁，一个八九岁。

她两个儿子看上去很聪明，惹人喜爱，还染了头发。许多人都感到可惜，包括一些混混。眼睁睁地看着两个聪明的孩子跟着母亲在这样的环境下长大，一天天学坏。

有一次我忍不住训斥她："你自己这样就算了，为什么要带他们两个来这里，还那么小，你不知道你会害了他们一辈子吗？"

"老公死了，没办法，家里没人带"，她低下头说，在家的时候就已经吸上毒了。老公死后，就带着两个儿子来到这里。至于老公怎么死的，她三缄其口，不肯多说。

到后来她每天都是蓬头垢面，脏兮兮的，混迹在火车站广场上，抢劫骗钱，有时也守在磁卡电话亭旁骗取打电话人的磁卡。塞个废卡，把别人的好卡卡在里边，这种作法不只她一个人干，这里有很多人，吸毒的不吸毒的，都用这种伎俩。

过了些天，再见到揭西女人时，身边已不见那两个孩子的身影，也许是妈妈把儿子送离了广场。

■ 揭西女人拉住一名旅客，硬说是人家撞了她叫赔钱。

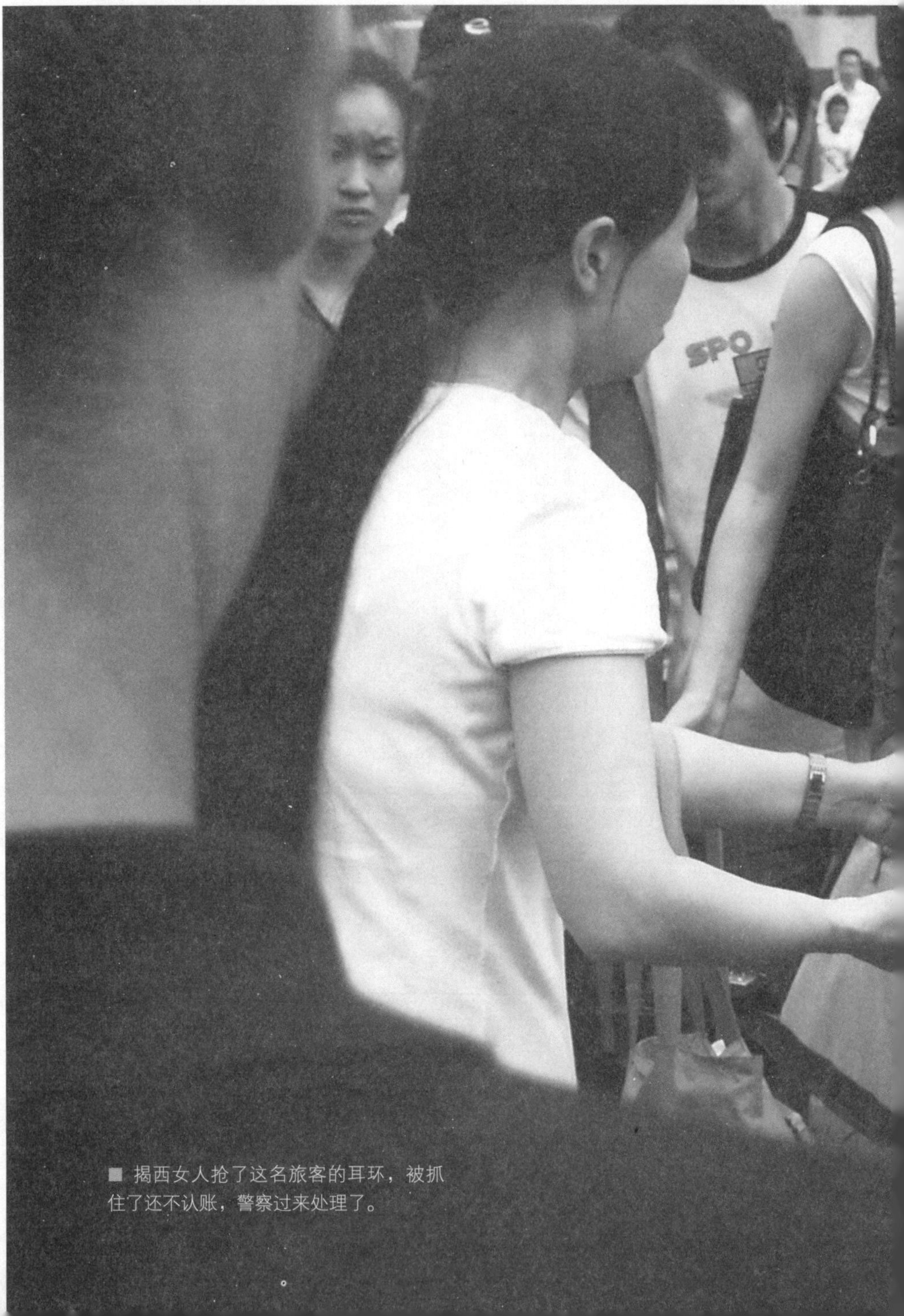

■ 揭西女人抢了这名旅客的耳环，被抓住了还不认账，警察过来处理了。

川妹子

让我高兴的是，“小四川”带我认识了他的老乡，“小四川妹”。

第一次见到“小四川妹”的时候，她正在试穿一件新的牛仔衣。我想，天下所有的女孩子穿起新衣来都是漂亮的，即使这是一个可能与健康美丽绝缘的女孩子。“小四川妹”脸上红通通的，“小四川”在一旁一个劲儿地夸她：“真漂亮！”我也说：“这件衣服很适合你，穿起来很精神。”“小四川妹”的脸更红了，但看得出来，她心里充满了快乐与得意。她小心地把衣服脱下来，我这才发现，这是一件很“水”的衣服，到处都是线头。“小四川

■ “小四川妹”平时在广场上派时刻表。

■ 穿上心爱的牛仔衣，放下烟雾缭绕的烟头，“小四川妹”的样子和普通的打工妹没什么区别。

妹”一根一根地挑，还生怕把衣服给弄坏了。我问她：“干嘛不穿呢？”她不语，只是很仔细地把衣服叠好，半晌才说：“留着。”

留着，每个姑娘都会悄悄地留着一些东西，可能是一根漂亮的发带，可能是一条长长的布裙，等待着一个特别的时刻。“小四川妹”也是这样的么？我望着她，她两手把叠好的衣服压了又压，理了又理，那份认真的样子，好像这衣服是她的一件宝贝，有一天穿上就会有一个奇迹发生。周围的吸毒者有几个能看到“小四川妹”的这份喜悦、这份幻想呢？

娜娜

一天我在“地中海”出口处，看到一个小姑娘坐在台阶上，眯着眼睛打着盹儿，手上竟然还扎着一支针管，我端起相机连续给她拍了很多张近景照。

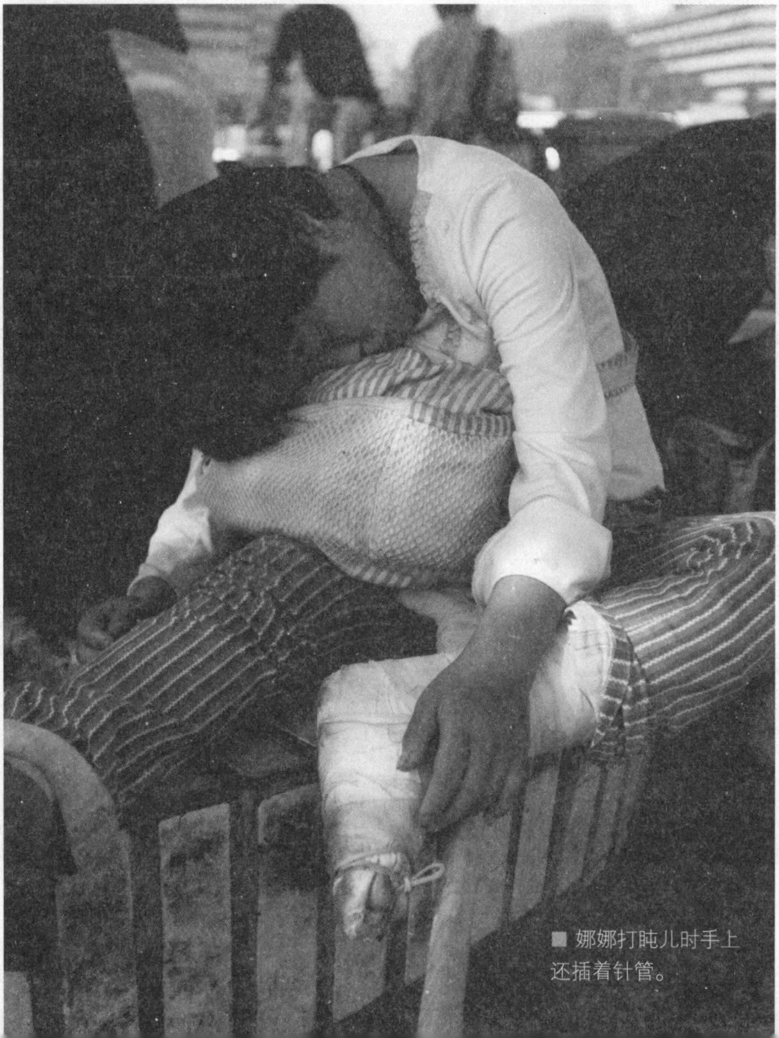

■ 娜娜打盹儿时手上还插着针管。

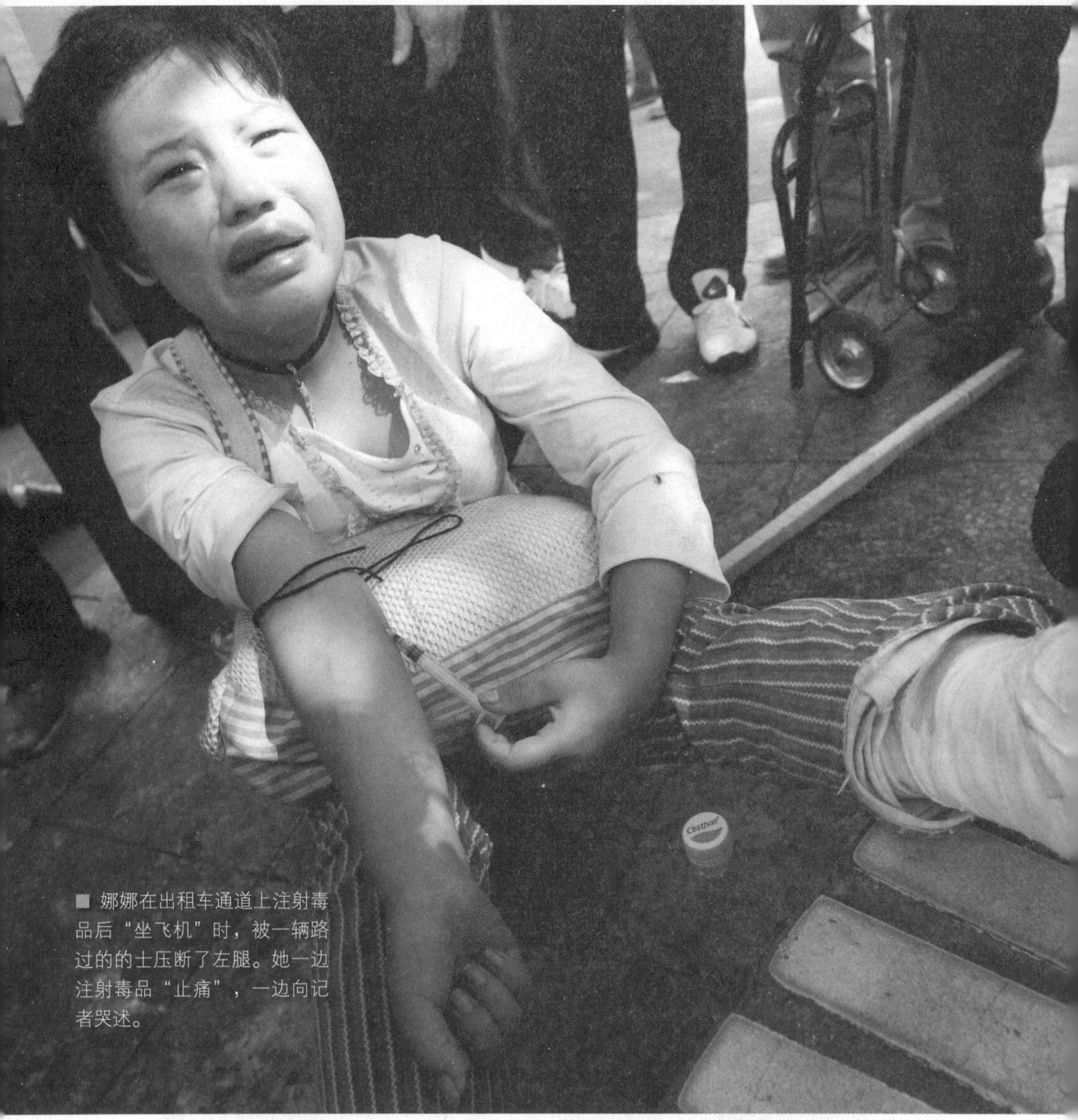

■ 娜娜在出租车通道上注射毒品后“坐飞机”时，被一辆路过的的士压断了左腿。她一边注射毒品“止痛”，一边向记者哭述。

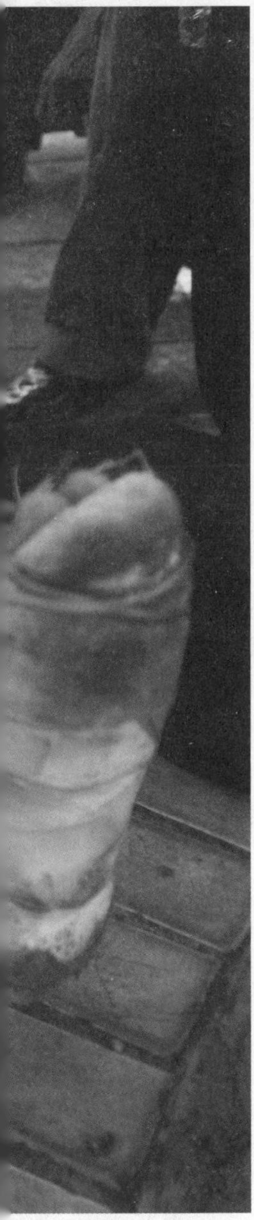

“嘿！有人拍你照片呢”旁边的一个吸毒者把她拍醒，她一睁开眼，叫我别拍。我就问她，你这么小，怎么也染上毒瘾了。她说，是人家骗我的，让我试一试就试上的。

她告诉我她叫娜娜，今年还未满十六岁，湖北人，吸了快两年了。我问她你为什么不戒掉，她说她也想戒，但戒不掉。她还是个孩子，我感到惋惜。

又有一次，我在出租车通道边的大树下见到她，她睡着了，但这次与上次不一样，她的左脚上缠满了纱布，搭在大树的护栏上。我在旁边站了一会儿，她醒了，掏出一个注射器，倒好毒品，往手臂上扎。

我问她：“你脚怎么了，怎么会这样？”

她马上“哇”地一声哭了起来：“我的腿是在出租车通道上给一辆的士压了，司机就只赔我200块钱。我去医院拍照，上药，就花了一百多，现在就只剩下80块钱，吃饭也没有钱了，动也动不了了，就只能这个样子了，疼得要死，我怎么办哪？”

我有些可怜她，“你疼怎么还要扎针？”

“没办法，我毒瘾没戒掉，又疼得要死，扎针了会好点儿。”

我有些生气地对她说：“你还不戒掉，这样下去这辈子就完了，没人敢娶你。”旁边围观的人也越来越多，惋惜训斥她的都有。

黑妹

黑妹，19岁，东北人，很端正的一张瓜子脸，眉毛又黑又长，长得很漂亮，说起话来还很害羞。来到广场之后，我对美陌生得已经没什么反应了，对于女性，我少了许多曾经有的神秘感和神圣感。但是看见了黑妹，我觉得她真的是特别漂亮，特别有女性的味道。我给她拍了很多照片，她很不好意思，在镜头前有些忸怩。但这种忸怩的样子，倒让我回忆起很多久违的东西。

黑妹也愿意同我聊天。但我一跟她说话，其他人就取笑她："这位大哥还没结婚，你可以考虑考虑。"黑妹羞得不行，看她局促的样子，我说："你长得很漂亮，我很喜欢。"我的话还没说完，她就连声说："我不配，我不配！"脸一下子就红了。

真地可惜，这么一个可爱的女孩儿，也是吸毒的。她的美丽能保持多久呢？

本来像黑妹这样的女孩子待在这里是非常危险的，但我知道吸毒者一般都没有什么性欲了。"小新疆"就说过，大约半年或一年后就没感觉了。至于女性，吸毒一段时间后也就不再来月经了。

我在黑妹那儿待了很久。本来我想劝她戒毒，但话终究没有说出口。刚才几句玩笑话就让她那么紧张，说这个她不愿意听的事儿我怕她会受不了。

黑妹喜欢唱歌，但她不大声地唱，只是小声地哼，不过也很好听。那天，她哼了一首《相约1998》，她说，这是王菲和那英一块儿唱的。还有一首是《但愿人长久》，黑妹也知道，这是邓丽君唱的。

■ 很可惜，黑妹始终不愿意面对镜头，所以没能给黑妹留下一张正面照。

■ 像黑妹这样羞怯，凶不起来的女孩派时刻表时常敲不到钱，这时必定有几个人过来“主持正义”，帮她弄到旅客的钱。

情人节那天，走在街上，到处都是玫瑰花。我想去看看黑妹，没有玫瑰，但有祝福。我在广场上转了很久，都没有看到她。我来到火车站广场已经这么长的时间了，昨天才看到她，只见了一面，今天就找不着了。我怔怔地站在广场上想，也许她不是一个吸毒者，只是偶然路过的一个女孩子，现在她或许已经回到了家里，她是不属于这里的。刚这样想，另外一个念头又冒了出来：她是不是出事了呢？这样一个漂亮的女孩子待在这样的地方，不能不让人担心。我很后悔，昨天应该劝黑妹离开这里的。要不要去打听一下呢？可是又找谁打听呢？

这是我见黑妹的最后一面。后来她很快就死了。

吸毒情侣

走在广场上，遇到一对情侣，男的是东北人，女的是韶关人。我同他们开玩笑，说他们是“南北最佳结合”，他们很高兴。女的是吸毒者。这个女孩子才十六七岁的样子，总是撒娇地勾着男友的脖子。高高大大的男友也很喜欢这个小巧玲珑的女孩子，胳膊总是环在她的腰间，很是恩爱。

一对相亲相爱的小男女，我通常是由衷地送上我的祝福，可是这一对儿，我的祝福能为他们带来幸福吗？

或许是爱情让人变得博爱吧，他们的一个朋友被公安抓了，两个人都着急，又没有什么办法，只能四处向人打听，有没有关系能把朋友放出来。这些吸毒者看见公安躲都来不及，哪里还会有关系？

■ 男的不吸毒，在广场上捡汽水瓶等为生，女的是吸毒者。两人形影不离，吃饭睡觉都在一块儿，女的注射毒品时男的也陪着。

他们来找我："大哥，你认不认识那里面的人？我们的朋友真的没干什么坏事儿，说说情，放他出来吧。"这个忙我也帮不了，"小四川"到现在还没出来呢。

他们只好偎依着坐在一起，也不说话了。我突然觉得，他们的幸福是这么的脆弱，不知道哪一天，他们中的一个，或者是两个也

■ 这对情侣在王圣堂租房子住，每天上午八点多钟他们手拉手来到广场。

会去那个被剥夺了自由的地方。

在不知过了多久后，突然有人带话回来说，他们的那个朋友没什么事儿，只要交200块钱的罚款就行了。他们很高兴，男孩还顽皮地把女孩子的头发都揉乱了。他们自己有一些钱，又去借了一些。真的是奇怪，一般这些人只有抢别人的，绝不会借钱给人，除非是放高利贷，但他们却借到了钱。看得出来，大家都对他们特别宽容。

钱交齐了，朋友真的被放回来了。相见之下，三个人都喜出望外，他们一人拉住朋友的一只胳膊，高兴得合不拢嘴，周围的人也觉得高兴。

第六章
毒孩儿

“小哈尔滨”

一辆大货车的车轮旁，一个小男孩正在给自己注射。“知道他不？‘小哈尔滨’。”“小四川”问我。

这个“小哈尔滨”长得一副聪明样儿，看上去很是机灵。我过去问他：“这么小就吸毒？”

“我爸跟我妈离了，后妈对我不好，我就跑出来自己过了。到这儿的时候，我才9岁。”他脸上露出一副得意的样子。我想给他拍照，他马上一脸的警觉：“干嘛给我拍照？你是干什么的？”

“我是搞社会调查的，喜欢你就给你拍几张玩玩。”

“你想给我拍，我不让也不好。这样吧，你别拍我的脸，其他什么手啊脚啊的，随便拍！”我心想，让我拍就行，这相机在我手里，怎么拍还不是我说了算。谁知，只要我的镜头稍稍抬高一点点，他就嚷嚷：“想拍我的脸？别来这一套了！”眼前这个12岁的孩子，我竟不知对他如何是好。

“小哈尔滨”，这个小孩子在广场上的名气很大，连便衣都知道他。不管是吸毒的，还是抓吸毒的，对他都比较好。我知道，“小哈尔滨”的嘴巴很甜，见到男的，就是叔叔、哥哥，见到女的，就是阿姨、姐姐。碰到有人对他凶，他也不顶，只是撅着嘴，好像要哭的样子。这样一来，谁会跟一个小孩子认真呢？这也就帮他免了不少麻烦，占了不少便宜。所以，“小哈尔滨”总是一副挺快活的模样儿，后面还跟一个比他高的马仔，好不威风。但今天见到的“小哈尔滨”，却愁眉苦脸。他的那个忠心耿耿的小马仔也蹲在一旁，默不作声。我问“小哈尔滨”发生了什么事，却意外地发

■ 2000年1月，12岁的“小哈尔滨”在火车站西广场扎针，他的技术已经十分娴熟。

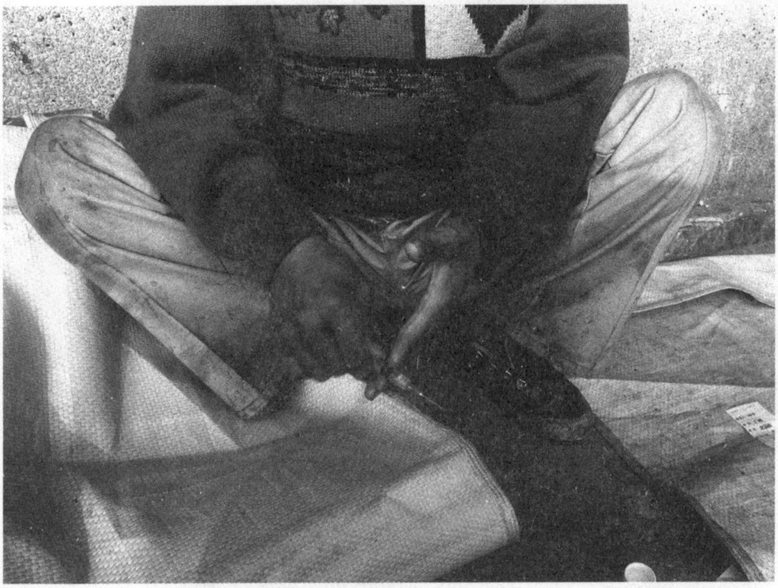

现他在哭。

“那个英国医生要他去查艾滋病啊。”旁边的一个人说。

我知道“小新疆”跟我提过的王牧师曾带过一个英国医生来过广场，找过“小新疆”。没想到，王牧师带他来的目的是确诊这些人是否患有艾滋病。这些吸毒者最讲究的也只是用大街上的自来水冲冲针筒，大部分根本不洗，很多人互相借针筒用，感染上艾滋病也并不奇怪。但对于我来说，这都是理性的推理。艾滋病，我了解，但那毕竟是离我很远很远的一件事啊。也或许正是因为它离得远，我才能从容不迫、镇定自若地谈及它吧。可现在不一样了，这个在我眼前哭泣的孩子，可能已经被死神的阴影笼罩了。

“去年就有人得这个病了！”旁边有人议论。

周围的人都露出恐惧的神色。虽然在这个广场上，几乎每天都有人被当作无名尸体拖走，但年少的“小哈尔滨”有可能患上艾滋病的情形，还是让他们感到了死亡的可怕。

“去检查一下吧，说不定没事的。”我劝慰着这个无助的少年。

“小哈尔滨”的脚边烂了，他就把鞋边剪掉了，这样伤口好受一点。他的铁杆兄弟很为他难过，但又不知能做些什么。他蹲在“小哈尔滨”对面，低着头，用手拂掉兄弟鞋面上的灰尘。

■“小哈尔滨”在一边扎针一边和同伴玩耍。

“要不，打打针吧。”小马仔试探说。见“小哈尔滨”没有反对，他把白粉放在水里溶解，再吸到针筒里，递上去。“小哈尔滨”猛地一擦眼泪，把袖子一撸，直到腋下，再一卷，夹住，接过针筒就扎了进去。

曾有一个吸毒者告诉我，他们扎针的技术个个都是一流，我相信。明明是这一支小小的针筒带来了艾滋病的魔影，“小哈尔滨”却指望着它驱走自己对艾滋病的恐惧，这到底是怎样的想法呢？

白粉发挥了作用，“小哈尔滨”也开始“坐飞机”了，在恍惚中，他能忘掉一切吗？

要走的时候，碰见了杨的朋友，他说杨就是这几天了。我把BP机号给了他，让他在杨临死时呼我，他答应了。我想起，“小新疆”一直没call我，但王牧师又来过了。是两人像上次那样错过了，还是另外出了什么事儿？

婴儿

在这群凑热闹的人当中，有一个抱孩子的妇女。她是不是吸毒的？我一路跟着她。

她抱着孩子，走到了西广场，一个男人接过了婴儿，抱在怀里逗着玩。就当我正准备离开的时候，一个熟悉的声音喊住了我：“大哥。”我扭头一看，竟然是“小四川”！

“你出来了？”我惊讶地问。

“没事的，我们经常进进出出。”“小四川”还是那个样子，

■ 妈妈吸毒，孩子也带上了毒瘾。

一点也没变。他说："罚了100块钱，那天晚上就放我出来了。"话锋一转，他突然问我："你想拍他们啊？"这孩子真是机灵，一下就看透了我的心思。

"是啊，他们吸不吸？"我开门见山地问。

"怎么不吸？这两口子连吸带卖！"

原来是一对以毒养毒的夫妇，我决定拍他们。我端着相机走过去，对着男人怀里的小娃娃拍了一张，婴儿好奇地盯着我的镜头，

列开

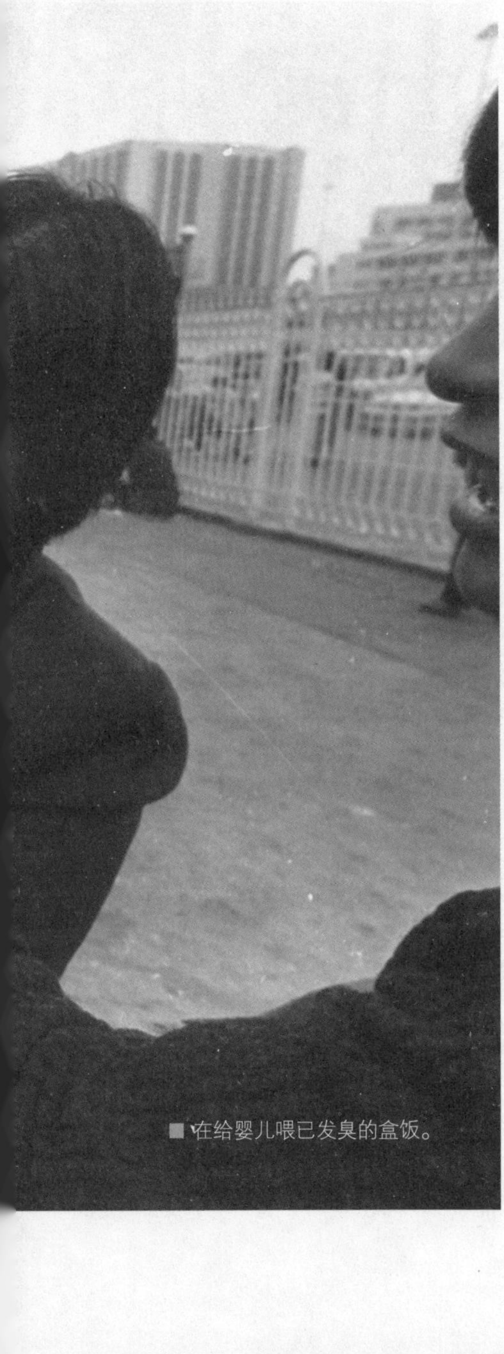
■ 在给婴儿喂已发臭的盒饭。

眼睛滴溜溜地转来转去。我对这名父亲说："你的宝宝长得很好哇，很像你。"男人笑笑，把娃娃竖着抱起来，一只手掌托住他的两只小脚丫，娃娃高兴得"呀呀"直叫。孩子的母亲走过来，用手指把娃娃笑出的口水擦掉。最后，娃娃依恋地躺在了母亲的怀里。女人找了根电线杆靠着，我问她："小孩子多大了？""6个月了。"

这时，那个男人走了过来，用方言对着妻子说了几句话，女人就扭转了身子，不再理我。我听得懂那是湖南话，他说别让这个人拍照，别跟他说话。我端着相机和"小四川"坐到一边去了。

"小四川"悄悄地告诉我："那个小孩子也有毒瘾了。"

"哪个小孩？"我四下寻找。

"就是那个呀！""小四川"指了指女人怀中的婴儿，继续说道："因为那个女的吸，所以小孩在娘胎里就有了毒瘾了。"

我的脑袋有点发蒙，我不敢相信自己的耳朵，什么？这么小的小孩，才6个月，那他长大了怎么办？

■ 这对夫妇又吸毒又卖毒品，又抢又偷。两个人带着孩子待在候车室门口的空地上闲聊，等待赚钱的机会。

■ 总有一些女人带着孩子在广场上混。

远远地看着他的母亲手臂渐渐没了力气，怀里的孩子眼看着快要掉下去了，旁边一个女人眼疾手快，迅速接过了孩子。从她的动作来看，这样的救急不是第一次了。母亲也任由孩子被抱走，索性彻底地耷拉下脑袋，睡着了……

时近中午，一个老年妇女来给孩子喂饭。这种盒饭是广场上最廉价的了，一盒2块钱。至于味道，常常带着一股酸酸的臭气。6个月大的婴儿怎么消化得了大人吃的盒饭呢？喂一口，吐一口，还不停地哭。母亲被哭声吵醒了，她木然地看着自己的亲骨肉，过了一会儿，又睡着了……

我想，这大概是我见到的最不幸的孩子了。

婴儿的哭声在喧嚣的火车站广场显得格外刺耳，我对“小四川”说：“走吧。”

第七章 广场乱象

“做生意”

一天中午，我抽空去了趟火车站，老是听他们说“做生意”，这次去就是想拍一下吸毒者们是如何“做生意”的。

我发现，要找到这样的镜头并不难，每当一批旅客出站，就会有人迎上去，热情地递上一份火车时刻表。这份时刻表只要一接到手，那就必须付出少则几十多则上百的钞票。如果有人想反抗，人群里就会窜出十几个大汉将其围住，迫使其就范。

我的镜头里出现了一个外地人，无数张时刻表和笑脸向他簇拥过去。他随手挑了离他最近的那张：“多少钱？”

仍然是笑脸：“一百。”

“什么？！”等反应过来，已经太迟了。“我不要了。”

旅客一接到这张时刻表就已经中招。

■ 手拿时刻表，想着怎么变成钱。

■ 每笔“生意”通常都会由几个人合作完成。

■ 几个吸毒者敲诈旅客，首先是“佳木斯”派时刻表，旅客一接着就问要钱，其余几人马上围过来，旅客被敲了一百多。拿到钱后，几人因分赃不均打起来了。

“不要不行！”两个人贴了上去，不远处还有人向这边跑来。

100元，就这样得手了。

我回来把照片洗出来看，敲诈者与被敲诈者两个好像正在谈话的朋友，罪恶竟是这样在阳光下发生。

在广场上待了几天我就知道，一日三餐对吸毒者来说并不重要，重要的是一天三次的吸毒。而吸毒则需要大量的金钱。有一个吸毒者说：“我的血管里至少跑着两辆‘桑塔纳2000’！”

毒贩

几年来，我有空就会去火车站广场上转悠，见到过很多吸毒者，比2000年更猖獗，甚至毒贩公然现形。

“白粉”从何而来？一名吸毒者告诉我说那很容易，广场上就有几个卖“白粉”的，一个叫“大宝”，每逢中午准时送货过来，还有几个老头直接在广场上卖。

一天我在“地中海”见到几个吸毒者跟着一个四十来岁的中年男子，男子见到我拿个相机，就甩开那几个吸毒者拼命地往前走，后面几个吸毒者追着大喊“海哥，海哥”。男子不搭理，继续往前疾走。吸毒者就在后面骂：“你装啥呀，有谁不认识你？！”后来我向那几个吸毒者打听到他是送“白粉”的“毒贩”。

后来，在地中海商场门口我见到了毒贩子“大宝”。“大宝”大约三四十岁，好几个吸毒者跟着他往地中海商场里面走去。后经了解，“大宝”是沈阳人，每天来这里送货。

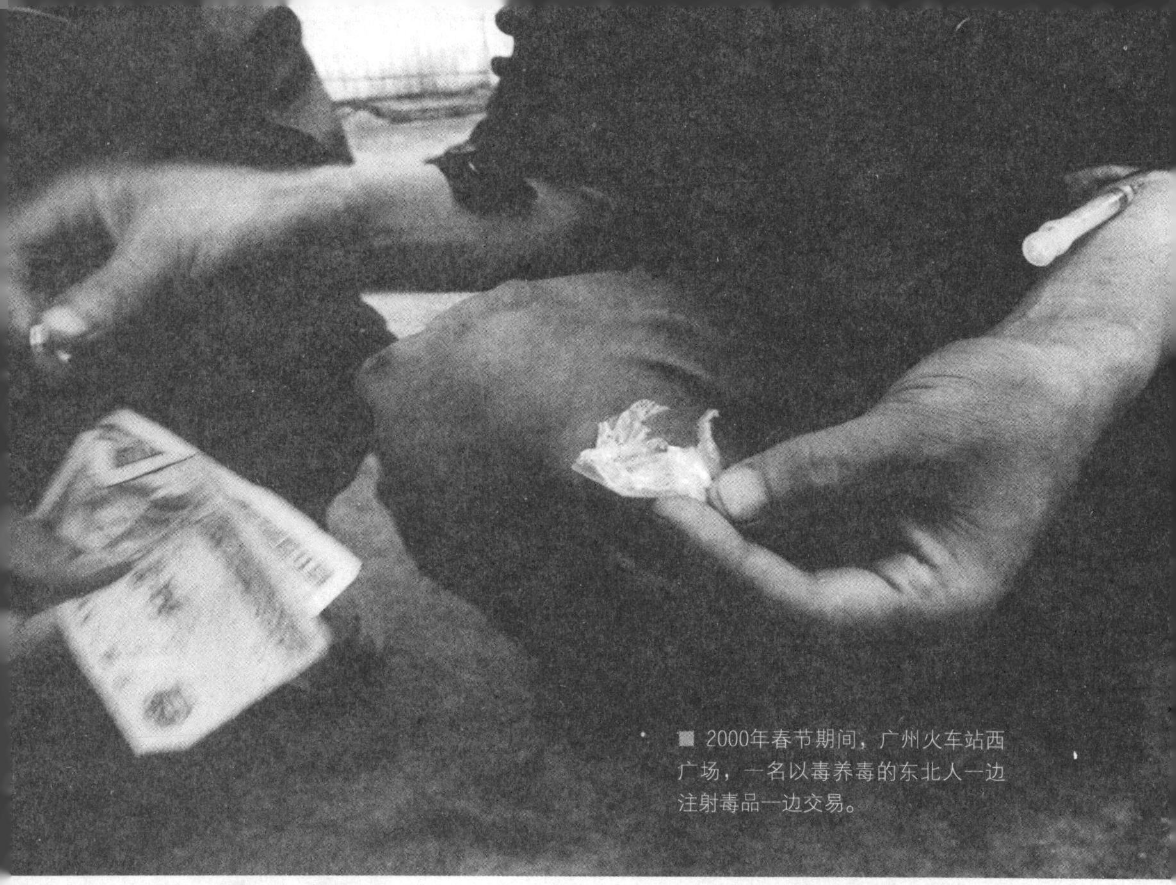

■ 2000年春节期间，广州火车站西广场，一名以毒养毒的东北人一边注射毒品一边交易。

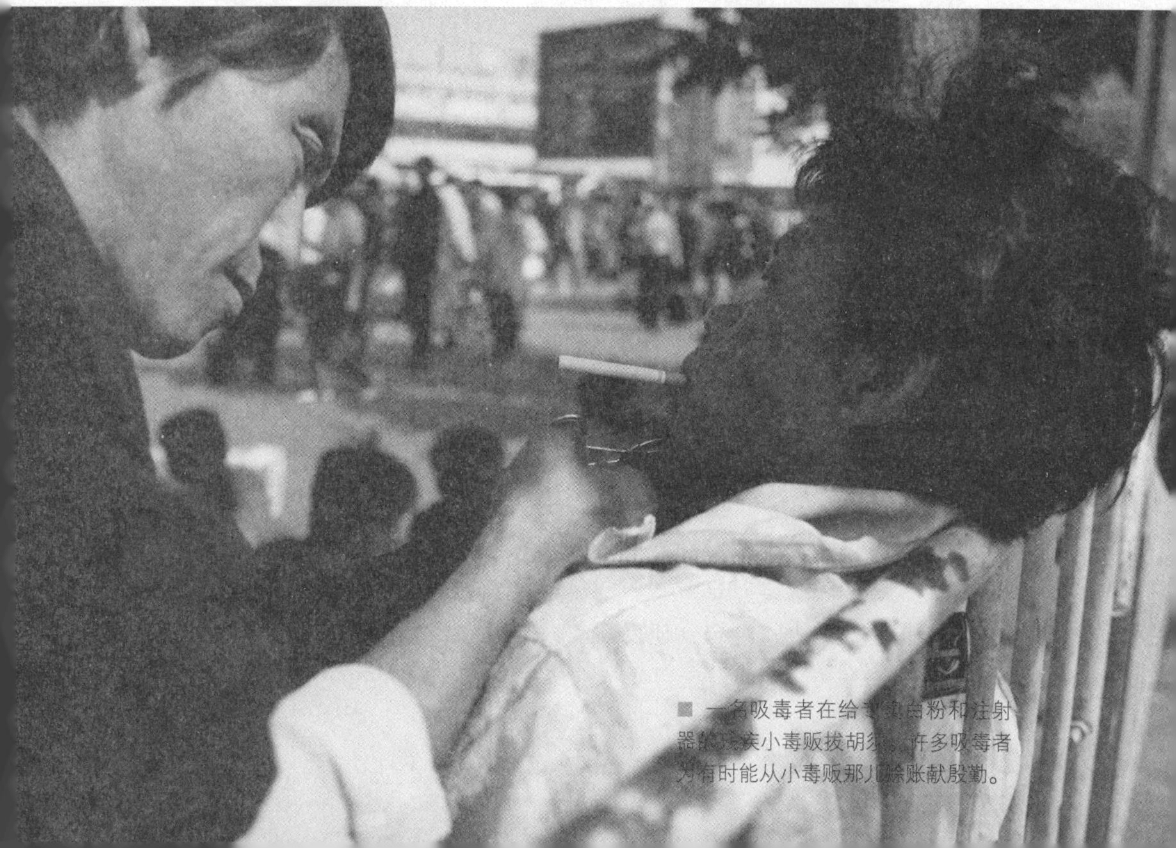

■ 一名吸毒者在给专卖白粉和注射器的残疾小毒贩拔胡须。许多吸毒者为有时能从小毒贩那儿赊账献殷勤。

还有一个六七十岁的老头儿，花白的胡子，身材瘦削精悍，每天都在广场上卖“白粉”。我亲眼看到他在广场上卖“白粉”给别人，20元一包，一个吸毒者透露说他是去王圣堂拿的货。王圣堂，那儿就是“毒品天堂”吗？

第二天我独自一人坐地铁到三元里站，想去王圣堂探个究竟。出了地铁口，往前走几百米，转个弯就来到广园西路。我一边走一边仔细观察。走了大约500米，远远地见到两个新疆人，坐在一家士多店门口。这两个新疆人是毒贩子吗？我有些怀疑，故意低着头，走路慢吞吞的，佯装成毒瘾发作的样子。走到他们面前时，那两个新疆人注意到了我，我故意停下脚步站在那儿。他们走近我，用生硬的汉语对我说：“朋友，要不要货？”我问什么货，他们说“白面”，20块、50块一包的都有，保证是真货并且可以给我看看。

因为我一个人，形单影只，就不敢再跟他们纠缠下去，推辞说身上没带钱，去火车站弄到钱再来买。新疆人给了我电话号码，并说要买可以送货。

我装着毒瘾发作的样子继续往前走。经过一个旧手机交易市场，往前走了几百米远，发现这里新疆人更多了，男女都有，男人居多，这种现象一直延续到王圣堂牌坊。

一路上好几拨儿新疆人向我兜售“白面”，还有一个黑人，叽叽喳喳手脚一起比划着向我推销“白粉”。我后背开始发凉，不敢多逗留。我在王圣堂坐了一辆摩托车离开了。在路上，我向那个摩托车手打听这一带毒品交易情况，他告诉我马路边很多新疆人卖“白粉”，他们有的人卖的是假货。卖真货的人也很多，但都在出租屋里边。没想到他反问我：“你是不是要买？”我想

■ 这名老人70多岁，2000年时还只是在广场上卖时刻表和捡废品，2003年再遇到时卖起了“白粉”。在东广场的旅游大厦门前，老汉向记者展示了20元一包的毒品。

从他那里了解情况，就故意说是。他留了一个电话号码，说如果你要货，就打这个电话号码，就有人送货。看来这一带毒品交易已经泛滥成灾了。

我回到单位，把那天的见闻告诉了一名文字记者，邀请他一块儿去暗访。第二天上午我们坐上单位的车，同去的还有一名见习记者。到达目的地（广园西路王圣堂一带），我和文字记者下车，装作吸毒者，见习记者留在车上负责拍照。我们在人行道上慢慢地走着，车在马路上缓缓跟进。

两名自称什么“买买提”的新疆毒贩开始向我们兜售毒品，递上名片，然后开始喊价。我们借口没带够钱摆脱了他们。但没想到我们一直被人留意着，走了约100多米，突然七八个人尾随着冲上前来。其中两个很彪悍凶狠，一个还拿着酒瓶瞪直了眼，拦住我们强行兜售。拿酒瓶的男子递过一张名片，上面写着““艾里””。我们停了下来，问了问价。“艾里”从旁边的维族女人手里拿过一个黄色小包，热心地说可以给我试试。我猛然间想起了之前听摩托车手说过有新疆人售假，就随口问了一句：“你的货纯不纯？”他马上说“白面”是来自云南和他们老家，可以带我们去看货。

周围不断有人围过来，气氛变得异常紧张。我们想马上离开，突然看到远处有保安，于是就以有保安为由想脱身。“艾里”大声地对我们说：“不用怕，我们在这儿几年了，跟保安很熟，经常给保安送烟，买饮料给他们喝。”正说着，那个保安就朝着另一个方向走开了，我们感到非常失望，恐惧感更强烈了，表面上仍强装镇定。

“艾里”以为我们是嫌价钱高，于是就把价钱压低，80块不行，又说50。我们说没带钱，只是想来看看。“艾里”一听气势

■ 这名独臂小毒贩从王圣堂拿货到广场上售卖。

bao lu hu

■ 在广场上等待“生意”的小毒贩。

■ 2004年11月份，广园西路王圣堂一带，有很多新疆人在兜售“白粉”，记者暗访，他们又威胁又恐吓，想让记者买“白粉”。

汹汹地抓住我的衣服，举起酒瓶吓唬我，作势要打，同事赶忙劝开了。为了避免遭劫，我们答应一人留下当“人质”，另一人去取钱。“艾里”凶狠地恐吓说：“如果你不回来，就打死他！”我忙答应说很快就回来，然后匆匆离开，在前面几百米处找了一间士多店买了一包烟把100元找开，然后手里抓着30元钱跑回来递给他，解释说没办法只拿到这么多给你，下次凑够钱再来。“艾里”接过钱也就同意了。我们逃也似的离开，坐上了在前面接应的车回报社，久久惊魂未定。

“背包党”

“背包党”，光火车站出口就有一百多个，他们对火车到站时刻了如指掌。他们背着袋子，里面净是废纸之类，每当火车到站，他们就守在出口，然后混到旅客当中，进行各种违法犯罪活动。

有几次我见到这样的场面，有些旅客被他们偷了骗了，身无分文，在广场上呼天抢地。一个湖北来的小女孩儿，手机旅行包都给骗走了。我带着她去报案，借手机给她打电话回家，叫工厂的人来接她。

她告诉了我被骗的经过。出站时有个背着两个袋子的人主动过来搭讪，问她要去哪儿，在哪儿买票，涉世未深的女孩儿告诉了他们。他们说你帮我看住两个袋子，我帮你去买票。女孩以为遇上了热心人，就很负责地看包，自己的包却被那些人乘她不注意时拿走了。

后来她发现自己的包不见了，翻看那两个包，里面只有废衣废纸。女孩看到此景瘫倒在地大哭起来。我们来到报案处，没想到竟有十几个相同遭遇的旅客排队等候报案。

我们刚从报案处出来，又见到一个同样遭遇的女人，她把袋子拉开，废衣废纸倒了一地，旁边围过来的盲流在那里哄抢。

这样的场景在我脑海里留下了深刻的印象。我痛恨那些“背包党”。每次到广场，我都会拿着相机在出站口转悠，故意用镜头对着这些“背包党”，他们也有些怕我，每次见到我都散开了。这能起到一点作用，我感到一丝欣慰。

■ 2004年11月29日，守在火车站出口的“背包党”。在出站口每天都有一两百个“背包党”守候，他们背着装了废纸、鞋盒、烂衣服的行李包，装扮成乘客混在出站口旅客当中行骗。通常是先套近乎，比如问你到哪儿去呀，如果回答去东莞，就会说我也去那儿，不如我们同行，我的行李包放你这儿，你帮我看住，我去买票，一会儿又说不行，万一你把我的行李拿走了怎么办，要不我拿你的包，你在这儿等我买好车票来找你，把人说得晕乎乎的，就这样许多人上当受骗行李被骗走了。

一天，我又来到火车站广场，有人告诉我，今天有一批“背包党”被抓。我感到很高兴，尽管只是抓了一小部分人，但是起码这样就有一些旅客免遭不幸。

我还碰到过一个四十多岁的湖南人，整天在车站转来转去，没见过他作案，我感到很好奇。他每次见到我都向我打招呼：“你好，你又来啦。”我也回敬一句：“你也来了。”我问他在做什么，他说找人。我问他找什么人，他说找人抢东西。我更好奇了，他自己很会抢东西，怎么还要找人抢？

他说：“那些人不懂，没经验。我有经验，我教他们怎么抢，怎么脱身。很多人没饭吃，来这里又没钱，又找不到工作。我供他们吃住，有些也愿意干。”

我问他做了多长时间，他说有几年了。有一次弄到一颗宝石，价值15万元。

“那你应该有钱了，怎么还不洗手，做点正当生意？”我问。

“我们这些吸毒的，赚得多花得多，很快就花完了。有钱就吸纯一点的毒品，是吸食不是扎针，没钱吸不起才会扎针。我不像他们在广场上扎针，我是租了房子回家吸的。”

很多吸毒者一开始是吸食，租房子住。但是耗费越来越大，沦落到没钱租房子住，只能到广场上设法每天弄几十块保证一天三针。至于钱，吸毒者说不管这里管得多严，他们还是弄得够扎针的毒资。他们没事的时候经常在一块儿互相吹嘘，回忆他们曾经的“辉煌”。

他们衣着有时很破烂，有时还挺整齐，看他们偷到的行李里有什么样的衣物了。

■ 当年旅客们最痛恨的“背包党”。

在广场上混的人几乎都认识我，有的没烟抽就对我说：“嘿，大哥，给支烟抽。”在广场有很多卖假烟的，有次一个吸毒者问我要烟抽，我把剩下的一起给他了。他抽后以为我故意给他假烟抽，第二天打招呼他不理，给他烟抽不抽，还很生气地说上次给的是假烟，我说我不知道，我抽不出味道。他说在广场上有很多假烟，尤其是小摊档。真的比市面上同样的烟要贵上许多。后来我都不敢在这一带买了。

每天回到家，我都会想，不知哪一天广场上才不会有这些人存在，还旅客一个安全舒适的火车站。

鸡腿和孩子

年三十，我想回家，特别地想。但斗争了很久之后，还是决定留下来拍照。给家里打了电话，说要加班，不回去了。爸妈没说什么，但我知道，他们是希望我回去的。

一回到广场上，我就感觉到一种与以往不同的气氛。这里人特别多，这也就意味着“猎物”多，吸毒者都显得很兴奋，他们也要过年了！今天简直是一场抢、诈、骗的大会演。

两个大约七八岁的男孩儿开始分头行动，他们的道具一个是一只鸡腿，另一个是一份盒饭。两个在人群中奔跑的孩子显得很快乐，他们向干净整洁的行人一头撞去，鸡腿和盒饭同时被扔在地上。被撞的人还没明白过来，就已经被他们两个扯住了袖子：“赔我！”声音稚嫩，语气却凶得很。胆小的姑娘赶紧扔几块钱脱身，很怕那黑乎乎的手弄脏了干净的衣服。胆大的男人不以为然，不就两个小孩子么。刚想呵斥他们，几个汉子就围上来“主持正义”了：“怎么，欺负小孩儿，赔钱赔钱！”5块，当然嫌少；10块，不够；20块，才骂骂咧咧地放人。两个孩子知道得手，便很机灵地把鸡腿和盒饭捡回来，再撞向下一个目标。

这些还算是动脑筋的，其他很多“抢”的人连这点弯儿都懒得拐，看见耳环、项链、戒指、手机，直接冲上去就扯，扯了就跑，一个人搞不掂的，马上就会有同伙上来帮忙。

一个女孩惊叫一声，一个男人闪电般地消失了。女孩子摸摸耳朵，反而松了口气：“假的，我那是假的。”

我想起一句话：这个世界用理性看，是个喜剧；用感性看，是

■ 2000年，小男孩拿着鸡腿当道具敲诈旅客。

个悲剧。

“你的鸡腿呢？”几天后，我问一个小孩儿。他笑起来，好像终于明白我是来干什么的了，转个身他就把那只在广场上颇为著名的鸡腿拿了出来。鸡腿倒是很肥，只是因为时日久远，早已干结了。小孩把鸡腿放在鼻子前闻了闻，还有些炫耀地对我说：“很香呢！”我也连忙应和道：“嗯，是，很香！”并借此机会赶忙说：“你真不错啊！还有鸡腿吃呢！我给你拍张照好不好？”

“好啊好啊！”毕竟还是孩子，听说要照相很是兴奋。他把鸡腿举到嘴边，做了个要啃未啃的姿势，一脸灿烂的笑容。我按下了快门，他问我：“你这个相机是彩色的还是黑白的？”我回答说是黑白的，他又马上摆出满脸不屑的表情：“我还拍过彩色的呢！”

■ 一名失去双臂的小姑娘受人控制在火车站广场上乞讨的场面，令许多人同情动容。记者本想追踪了解不幸女孩的遭遇，但这张照片拍摄完后，女孩就从广场上消失了。

“是吗？把你的照片给我看看吧。”我说。

“别人拿去了，我没有了。”孩子显得极为镇定。

广场上的孩子，从小就受着特别的“教育”。他们被吸毒的大人控制，充当牟利的工具，从小就精通各种偷、诈、骗的手段，长大一些就学会了抢。世界在他们眼中，究竟是什么样的，我不敢想象。

“你们吸不吸粉啊？”我故作轻松地问。

他们摇摇头，这使我很开心。他们还小，虽然我知道，对于这些在广场上的孩子们来说，吸毒，是迟早的事儿。

清晨的广场仍有几丝寒意，在出租车通道上的转弯处，几个小男孩儿挤在一块儿睡得很熟，在他们身上只盖着单薄的被褥，蜷缩

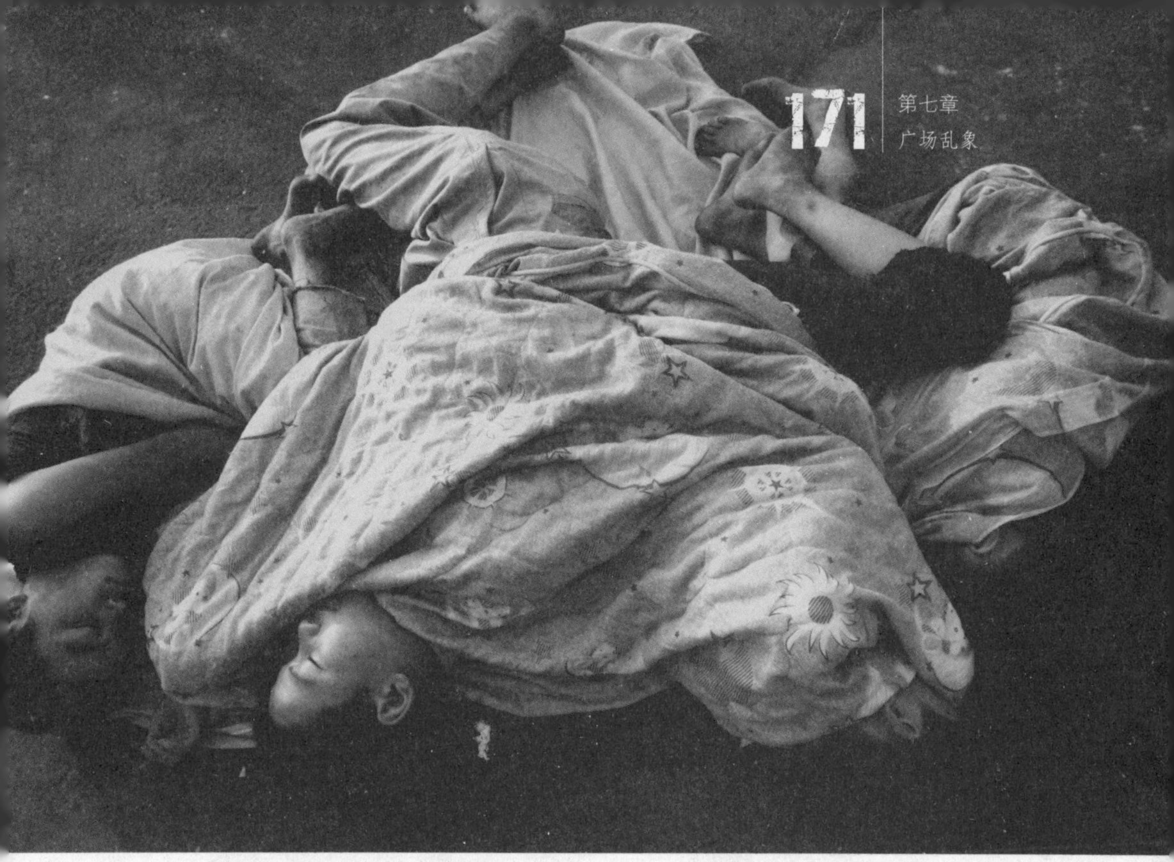

■ 2004年11月29日，已入寒冬，几个流浪孩童一起蜷缩在薄被窝里睡在出租车通道旁。太阳出来带来一点儿暖意，他们睡得更香了。

着身子，露出来的皮肤满是斑驳的污迹。本该是在爸妈怀里撒娇的年纪，他们却睡在马路上。

广场上的孩子是怎样的一群孩子呢？

他们整天脏兮兮的，或跟着母亲一起坑蒙拐骗，或受人控制流浪至此。

广场上的孩子约有两三百人，他们或偷或抢，也有一些流浪的捡破烂儿的兜售物品的。在汽车总站，每天就有上百号孩子向急着换零钱的旅客兜售一元一条的假香口胶，他们被无良的人骗来沦为赚钱的工具。

这里的孩子在周围环境潜移默化的影响中变坏，每天穿梭于车

■ 这些孩子整天脏兮兮的。

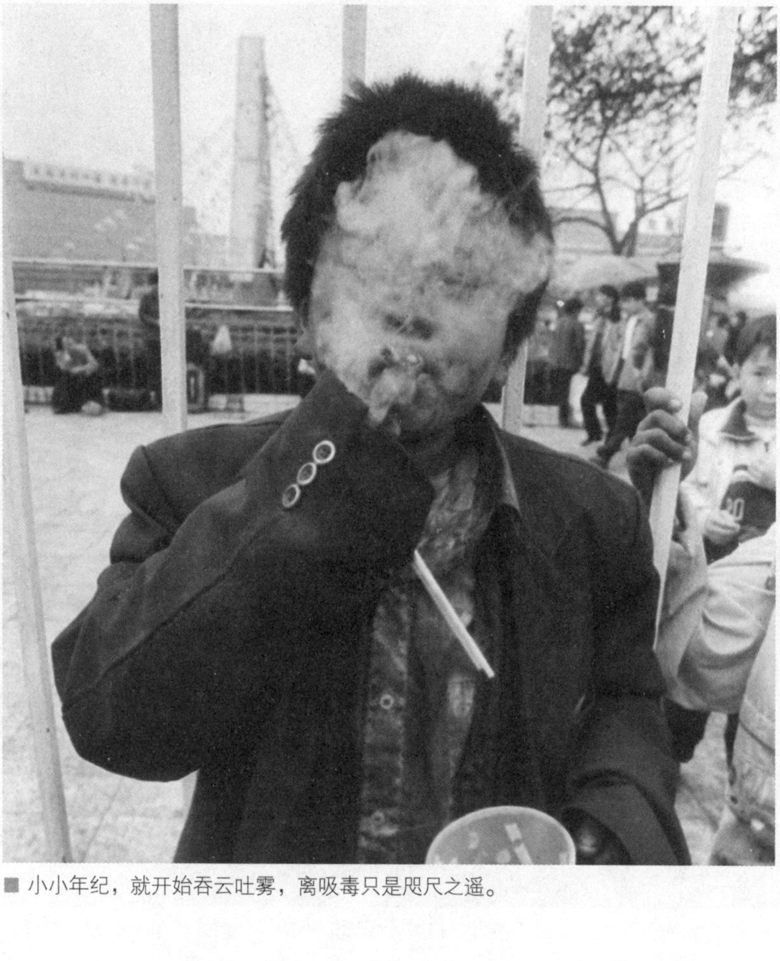

■ 小小年纪，就开始吞云吐雾，离吸毒只是咫尺之遥。

■ 两个小男孩每天都要陪“老大”打牌，但输的不是钱，而是矿泉水瓶和易拉罐。他们欠“老大”的瓶罐永远也还不清。

■ 小男孩儿在广场卖西瓜。

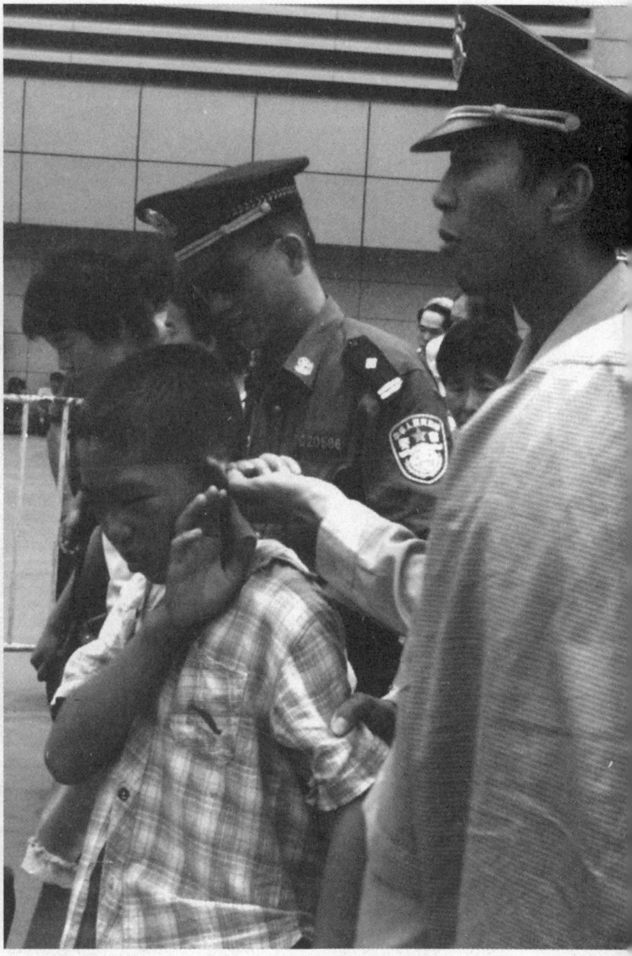

■ 2003年7月26日早上，这名小男孩抢了旅客的耳环被当场抓住，保安拧着他的耳朵带去派出所。

180
211

■ 广场上的孩子有很多被大人控制，在广场公交车总站卖香口胶。他们的香口胶是假的，买来非常便宜，卖出去1元钱一条，给坐公交车又没零钱的旅客，还经常兑换出不少假币。

■ 有警察和保安追赶，这些卖香口胶的孩子就跑到马路中间躲避风头。

■ 这名来自东北的残疾男子用自制轮车出行，不轻易挪动。在广场上长期靠收购废品为生，有时也卖些“白粉”和注射器，有些流浪少年做他的马仔为他跑腿做事。

■ 这名来自湖南的妇女因为吸毒和做建筑包工的丈夫离了婚，带着宝贝女儿在广州火车站生活，和同伴吸毒时她把女儿放在旁边玩耍。

■ 小女孩跟妈妈在广场上生活了很长时间，想爸爸和爷爷奶奶了，就给他们打那永远也接不通的电话。

水马龙中非常危险，有时车开动了，他们还在嬉笑打闹。一见到保安和执法人员，他们就散开往马路上跑，车来车往，险象环生。

他们每天吃着街头摆卖的盒饭，饭盒很多是用编织袋盛装的，卫生状况可想而知，更谈不上营养了。2元一盒的饭，有时候甚至是腐烂变质的。

第八章
政府行动十年蝶变

重拳出击乱象渐除

2000年初，《南方日报》摄影报道专版登了我的照片——《茫茫人海见毒瘤》。广州火车站广场成为各家新闻媒体强攻的滩头、社会注目的焦点。

自见报当天，报社的热线电话就响个不停。编辑告诉我，有很多读者打来电话。有读者说："这些照片铁证如山，让我们知道

■ 2003年9月19日广州市公安在火车站广场上进行誓师大会。

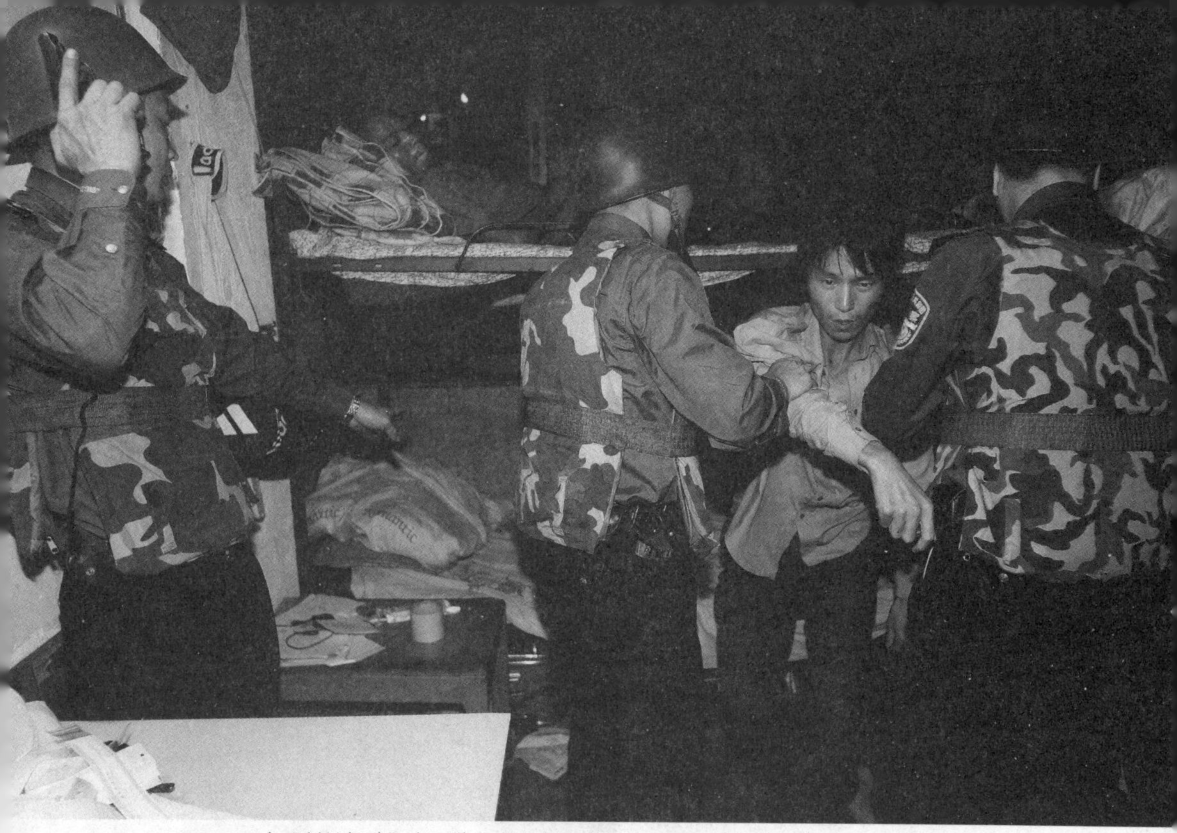

■ 在“剑兰行动”中，警方在火车站附近的王圣堂村里清查出租屋，在火车站作案的犯罪分子有很多在这儿租房子住。

广州火车站居然生长着这么可怕的毒瘤，如果没有一点拼命精神，这样的照片是拍不出来的！”有读者说：“看了照片，我真的是佩服你们！请代我向那位记者说一句‘非常感谢’！这样的毒瘤应该早日割掉！”有读者说：“看了你们的报道，我一夜未眠。你们真的是有勇有谋，敢于刊登这样真实、可信的报道，让我感到中国的记者也很了不起！”还有的读者说：“火车站是广州的窗口，怎么能容忍这样的事呢？！你们的报道让该负责任的有关部门坐不稳了！”……

我真的很高兴，我所做的一切事情，大家都是理解的。更为关键的是，公安部门采取了行动。

2000年2月17日至19日，广州市公安局出动警力1200多人次，对广州火车站广场及周边地带进行大规模清查，抓获吸毒人员15名，

清理“三无人员”260多人，缴获海洛因150多克，还对三元里街、走马岗一带的酒店、出租屋进行了清查，对抓获的吸毒人员进行强制戒毒处理。由此，这些地段的吸毒现象已经销声匿迹。公安部门表示今后将进一步加强火车站地段的治安工作。

2月25日晚，广东省公安厅、广州市公安局再次集结警力，对火车站广场及周边地区进行清理整顿，并取得了阶段性的胜利。2月26日的《南方日报》为此刊发了《羊城扫毒清污大行动》专版。

2001年，整治严打依然持续，那些熟悉的面孔大都不再出现，偶然见到几个，他们也很快躲闪避开。

然而接下来两年我再访这一带时，一些新的面孔又出现了。这些人经过一番洗礼后，变得更为暴躁、凶狠，接近更

整治前的广州火车站广场上有无数的小摊小贩随地摆卖。

■ 乌云密布、大雨将至的广州火车站。

车次 终到站 开点 候车室
19:00
19:08
19:10
19:17
20:05
19:24
19:32
19:49
19:58
20:00
20:18
20:30
敬请原谅。
进站

1.卖煮花生、煮玉米的小贩。
2.小毒贩和吸毒者。
3.警车追来，小贩趴地装晕倒，警察只好打电话给120。
4.代写接车牌、乞讨纸谋生的人原来在广场有很多。
5.保安给打架的“混混”拉架。
6.天冷了晚上睡不着，白天暖和些，这名露宿广场的女吸毒者抱着女儿睡着了。
7.每天一大早，派出所门口就蹲着许多因割包行窃被抓的小偷。
8.广场上的行李工。

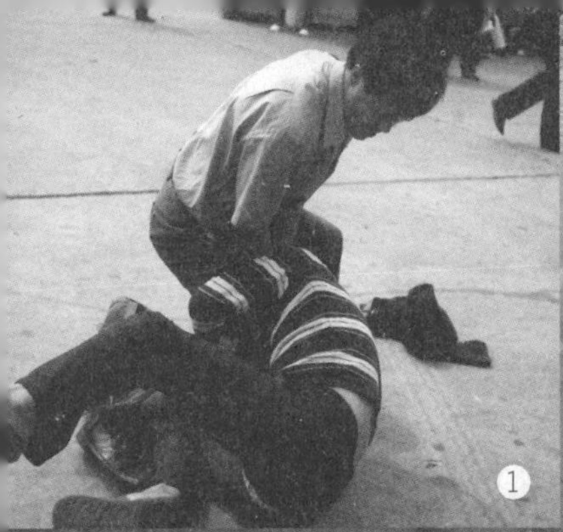

1."混混"正在殴打吸毒者（吸毒者吸毒后身体很差，根本不是混混的对手，在广场上很弱势）。

2.卖矿泉水的小男孩。

3.一个吸毒者敲诈旅客说撞伤了自己，警察过来处理干脆倒在地上说起不来，最后120医务人员过来拉他走。

4.一名吸毒者注射完毒品后晕乎乎地差点儿站不稳。

5.广场榕树下是吸毒者、混混、拉客仔休息的好处所。

6.在出租车通道旁"坐飞机"。

7.一割包行窃者被当场抓住后仍当众耍赖，警察好好地训了他一顿。

8.流浪儿和小贩在持棍对峙，装备打架。

■ 吸毒者打针百态。

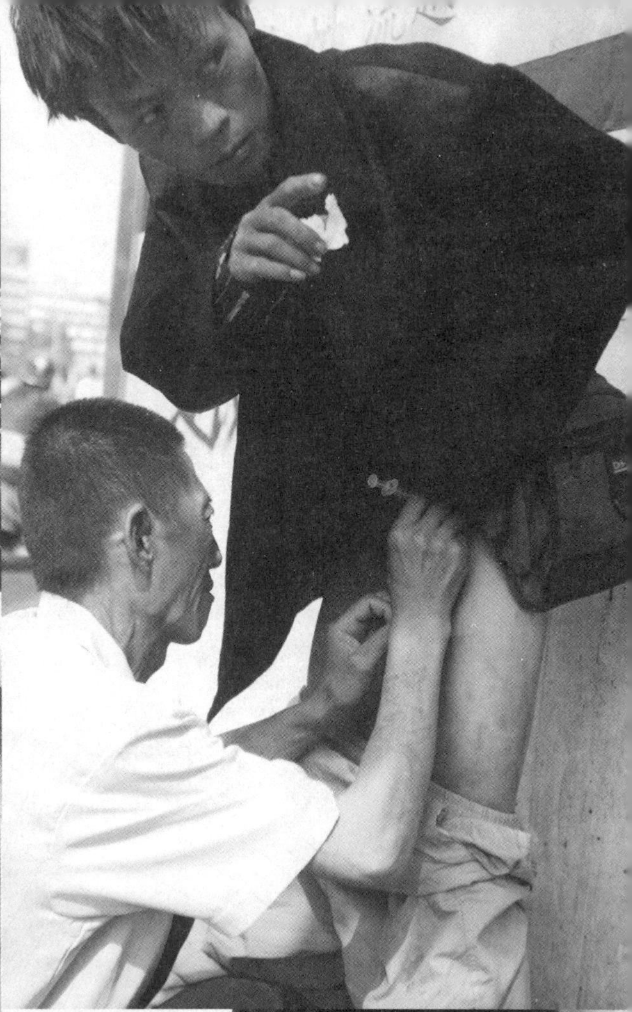

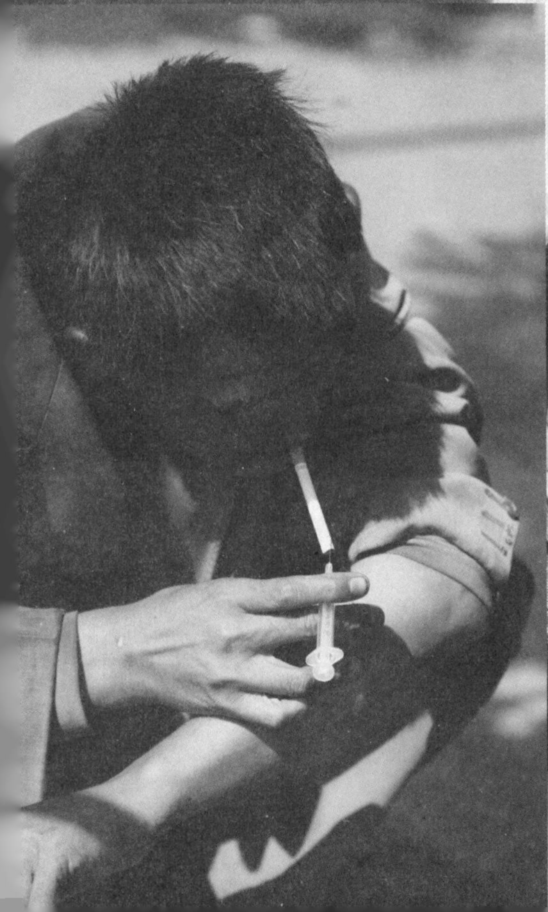

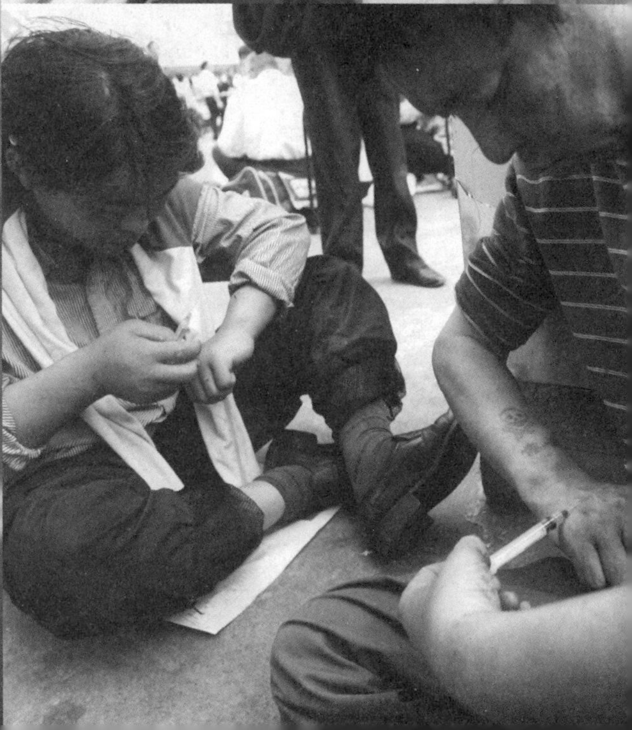

■ 禁摩前广场上的禁托车搭客仔。

C4373

■ 这名妇女带着孩子在广场上卖菠萝，警察追来时顾不上孩子就逃，小孩吓得拉着妈妈的衣服一边哭一边跑。

■ 广州火车站广场经常有警车开来驱赶小贩，小贩们已习以为常。

■ 小贩拎着桶装的饭菜卖给旅客。

■ 小贩带着小孩摆摊。

一伙儿野鸡车拉客女为客源之争在拉扯打架。

中国联通

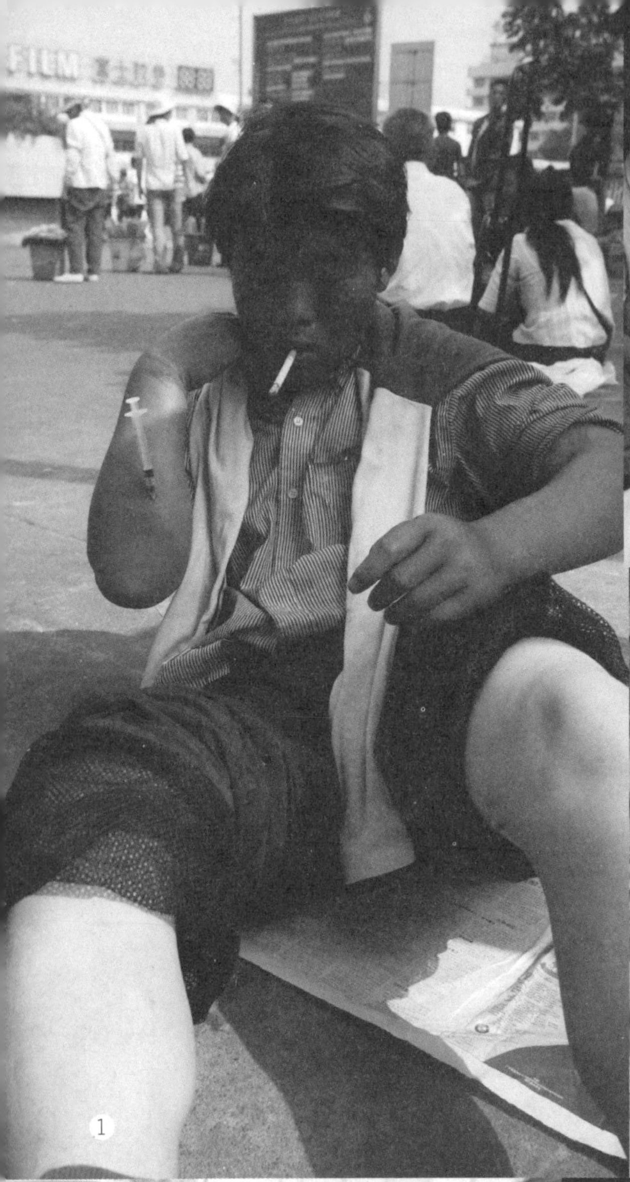

①

②

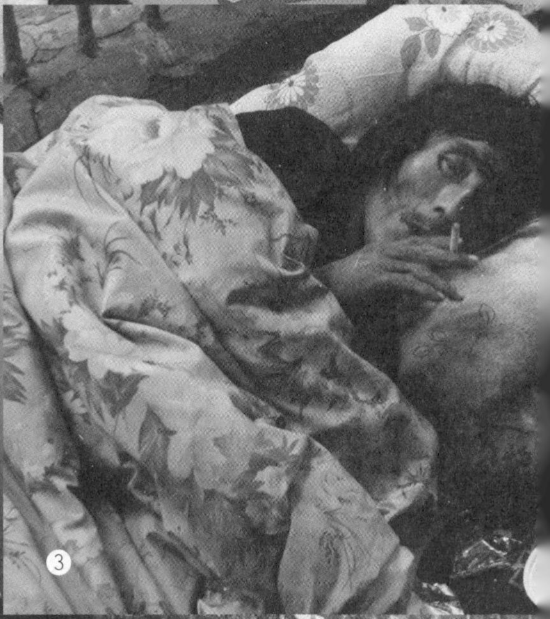
③

④

⑤

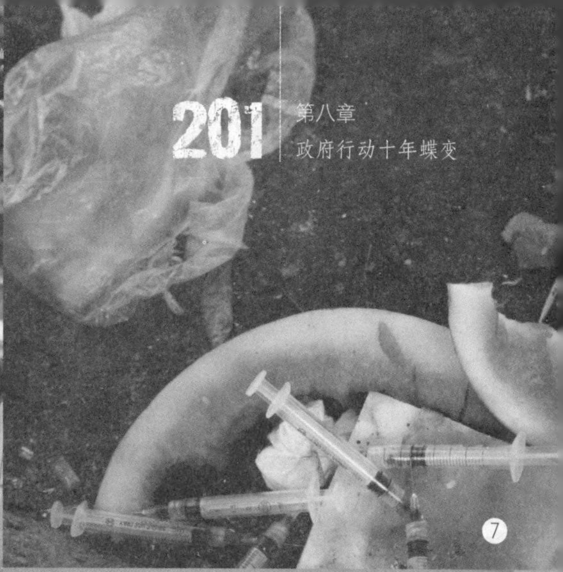

1.少年吸毒者。
2.没“生意”可做时，一伙人赌牌打发时间。
3.病入膏肓，只剩下皮包骨的吸毒者。
4.艾滋病晚期的小路，赚不到钱，饥饿加上毒瘾发作，难受地蹲在地上吐血。
5.在地中海商场排烟口旁取暖。
6.在花基边玩耍的小孩。他们的父母是广场上的混混或者吸毒者或是拉客仔，很容易带坏他们。
7.随地丢弃的注射器。
8.躲在某个角落注射毒品。

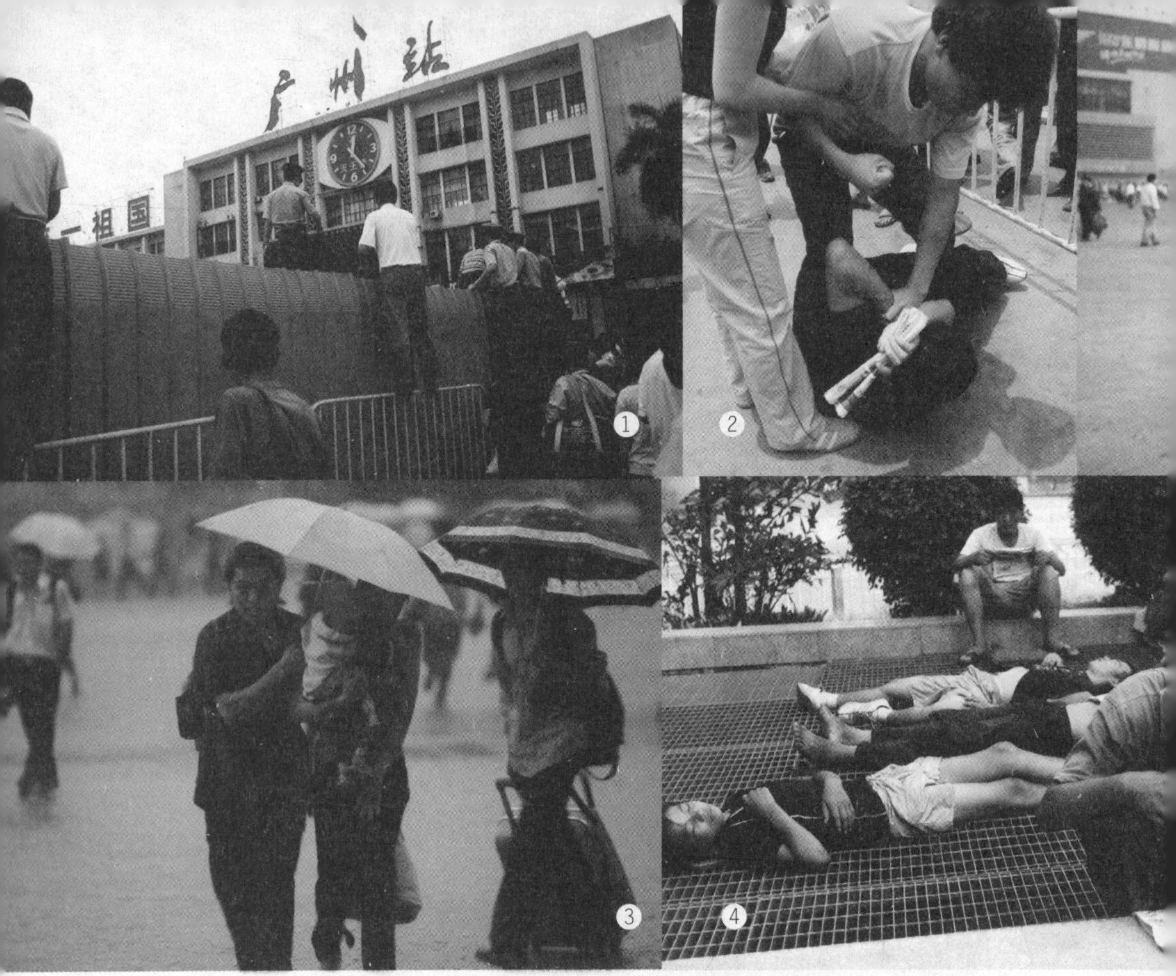

困难。在2004年的时候，南方日报社派文字记者和我一起去暗访王圣堂的小毒贩时遭围堵，险遭不测。盗抢、诈骗、拐卖人口；黑公话、假币、假发票、倒票、非法拉客、“野鸡车”，还在这里泛滥。

治安状况似乎又回到从前的混乱复杂，人们怨声载道，媒体一直对这里的治安状况加以关注并进行多方报道。2005年8月，随着广州警方以打击两抢一盗为主的“剑兰行动”、“剑锋行动”的展开，广州火车站及周边盗抢犯罪一个月内迅速下降近四成。这一年政府进行全面整治，将此地段统一划归越秀区政府管辖，结束多方管辖都没有管好的局面。具体措施有：警方设立铁三角—流花派出所、火车站广场派出所、站场派出所，加强防控力度；增设电子

5

6

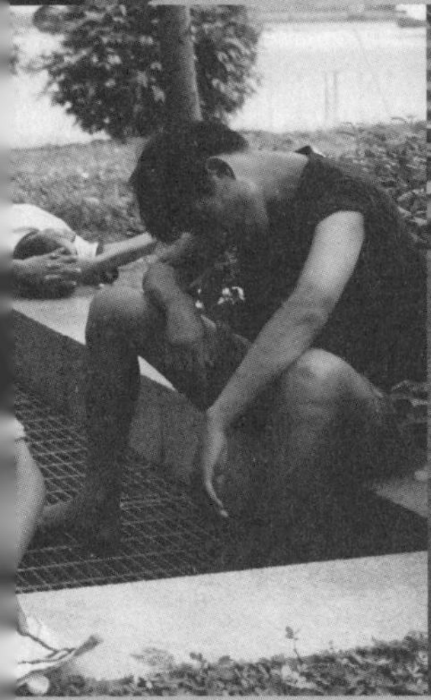

7

1.一名抢项链的窃贼被众人追赶后，将项链扔到广场上的工地里，以销毁证据。保安和一些路人赶忙寻找项链。
2.又有一名吸毒者因敲诈不成挨了打，警察赶来制止。
3.在暴雨中赶路的旅客。
4.“瘾君子”在地铁排风口处乘凉、睡觉。
5.一名孝子抱母亲上火车。
6.在广场上打架时常见的场面。
7.一场暴雨后，火车站广场成了泽国，广场上顿时冷冷清清的。

眼网络实施全面监控；设旅客服务中心取缔“黑公话”、“黑找零”；广场上有巡逻车24小时巡逻；清理火车站广场上的售卖摊点，简化还原车站的交通职能。

■ 2006年韶关地区发生特大水灾，广场上聚集成千上万退票的乘客。

经过数年的整治，广州火车站的毒窝已经销声匿迹，“背包党”等基本不见踪影。公安部门也将工作重点放在管理秩序方面，现在的广州火车站，依然拥挤，人头攒动，但比往日多了一份井然有序。

2005年9月，广州市公安局局长吴沙一上任就来到广州火车站进行便衣侦查，多次暗访、调研。吴沙发现很多治安问题都是从广州火车站地区演变出来的，如行骗、盗窃、双抢，有的犯罪团伙甚至到广州火车站招募培训“学员”。广州火车站附近有省市汽车站等，周边有许多大型批发市场、广交会馆，商铺林立，还有大酒店有不少客户出入，治安复杂、财源滚滚，引来不少犯罪分子在广州火车站周边的出租屋居住以便浑水摸鱼。经过部署，广州市警方集中警力，对广州火车站地区治安全面“开战”，广州火车站及周边盗抢犯罪一个月内即降近四成，同时伴随着广州整个治安环境好转的背景环境。警方采取的具体措施有：变以往等待报警“被动应

■ 流花车站的工作人员举牌指路。

付”为“先发制人”，成立一支经验丰富、训练有素的便衣侦查队，一旦发现违法犯罪立即进行抓捕，给不法分子快速打击；加强防控力度，设立铁三角：流花派出所、火车站派出所、站场派出所；对过往的打击盲点——情节轻微或取证难的违法犯罪行为实行零容忍；增设电子网络进行全面监控，发现案情、提供线索、获取证据，与地面警力形成“天罗地网”；增加巡警、警车24小时全面巡逻；和城管配合清理广场上的售卖摊档，简化还原火车站的交能职能；清查火车站周边出租屋，变突击整治为治安常态化管理。

■ 在广州火车站大力整治期间，越秀区宣判了一批在火车站及周边的犯罪分子。

■ 广州铁路部门在“6·26”国际禁毒日宣判一批毒贩。

■ 2005年6月17日禁毒日前夕，广州铁路公安宣布逮捕一批吸毒贩毒的违法犯罪分子，在用囚车送走时，他们还在朝记者笑。

同年，政府将流花地区（即广州火车站及周边）划归越秀区政府统一管辖，结束多方管辖都管不好的局面，从根源上治理广州火车站：

斥资成立越秀区政府旅客服务中心，杜绝“黑公话、黑找零、黑咨询”，旅客一出站就有志愿者引领到服务中心，花钱换来旅客平安和对广州的良好印象；

巨资提升基础设施，亮起路灯、改造道路等；

摸查登记出租屋、发廊、地下旅店，引进物业管理模式，分片包干、捆绑考核，定期组织多项专项行动进行整治，使之无法成为藏污纳垢之所；

美化广州火车站，修缮地面，给站前广场换上大理石，广场铺上花岗岩地砖。

治理好广州火车站不仅是警方的责任，还需要各部门联合进行综合治理，才能标本兼治；综合整治要作为日常工作，实现长治久安。

■ 2003年“6·26”国际禁毒日前夕，广州铁路公安在广州火车站广场举行了一场打击贩卖毒品犯罪的大型宣传活动，正式逮捕一大批贩毒分子，其中这名女毒贩才20岁，身上携带大量毒品在进站时被抓获。

■ 每年的“6.26”国际禁毒日前夕，广州铁路公安都会宣判一批违法犯罪分子。

Cestbon

雪灾：见证火车站新秩序

自2008年1月25日起，由于京广铁路南段部分地区遭受前所未有的冰雪和冻雨自然灾害，正进入春运高峰期的京广铁路运力严重受限，广州火车站挤满了滞留的旅客。

然而，就在这一年，我的镜头见证了火车站整治之后的井然秩序。

时断时续的冷雨中，密密匝匝的人群备显疲惫和无奈。拥挤的人潮从离火车站数十米的高架桥下一直延伸到火车站广场内，火车站四周近3万平方米以内，几乎找不到一块空地。

广州火车站经历着从未有过的严寒和如此多的人群汇集，1月26日滞留人数就达到20万。在严寒冷雨中颤栗着等候上车的痛苦疲惫的人们，情绪随时可能爆发。在广场上的人潮中，和警察、部分旅客前往分流点途中，我曾看到过几次躁动，几乎要突破警察和武警的防线。持续多日高度紧张地维护秩序，警察和武警当中有人受伤。警察和武警也非常疲惫。这些躁动惊心动魄，一旦出现大的混乱，很容易发生踩踏导致群死群伤，后果不堪设想。为此春运指挥部增派民警武警组成人墙，将人群隔成小块，并带领部分车次的旅客分流往广交会展馆、琶洲会展中心，在室

■ 2008年1月26日，因北方出现冰灾，京广铁路中断，广州火车站大批旅客滞留广场。

■ 军警人墙和防护栏将旅客划分在各片区之内。

内可躲风避雨，有茶水盒饭供应，而且不提价。卫生部门在广场设立了多个医疗救护点，病倒的旅客，被志愿者、民警送到广场上的医疗救护点。孕妇、母婴被送往特别照护区。越秀区政府还在广场上派发一次性雨衣和免费盒饭，也有广州市民煮好饭菜到广场上发放。

旅客分流后，广州火车站紧张局面得到短时间缓解。但随着1月30日部分北上列车恢复通车，听到消息的旅客又赶到广州火车站，人数猛增到40万。广州火车站采取内堵外疏、分流泄洪的方法逐批将旅客送上车。到2月5日，所有旅客都从广州站送出，这场雪灾春运大战终于宣告结束。

从此人们记住了“分流即秩序”。

POLICE

■ 在广交会展馆，大批滞留旅客蜂拥而至，都想挤上送往火车站站台的公交车。

■ 2008年的春运，几乎每天都是冷雨绵绵。

■ 漫长的等候中又有人晕倒被送出去。

■ 候车人群中的父子俩。

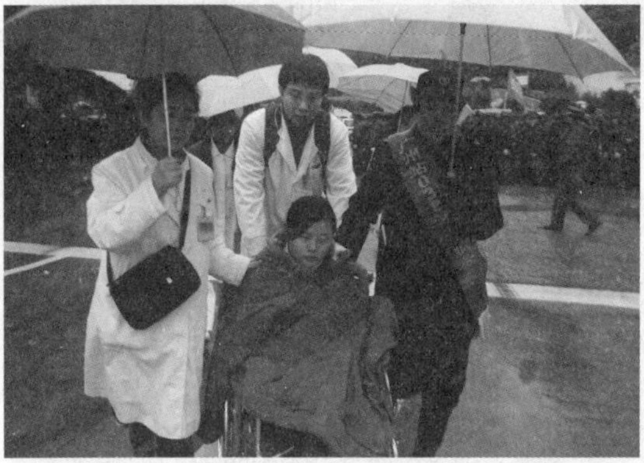

■ 警察和医护人员护送生病的旅客。

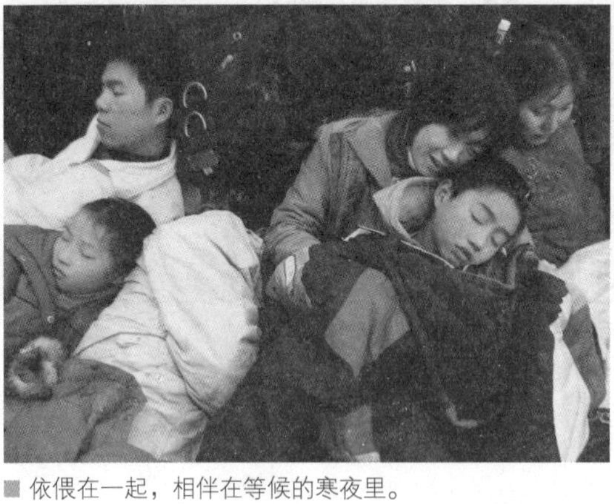

■ 依偎在一起，相伴在等候的寒夜里。

■ 火车站旁的立交桥下，密密匝匝地站满了人。

■ 武警部队官兵增援广州警方，共同维护秩序。

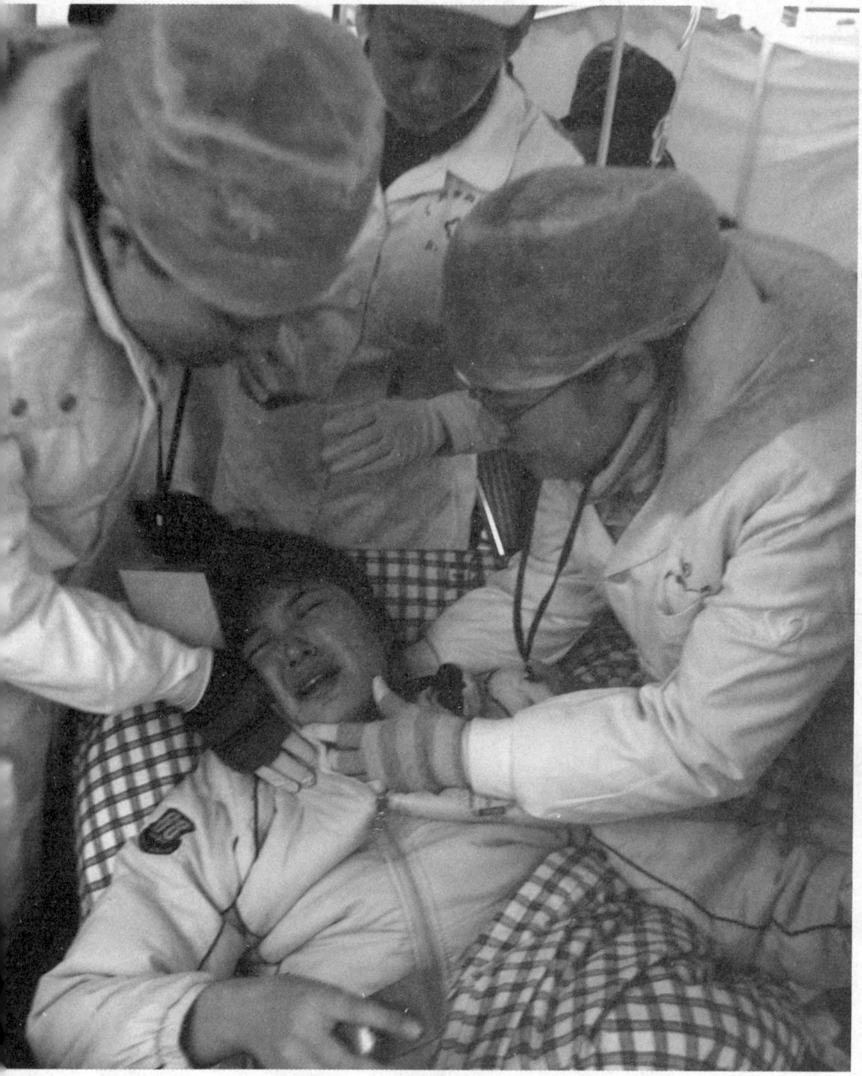

■ 医护人员在医治生病旅客。

■ 雨中的志愿者。

180

■ 火车站东广场的出租车通道和公交车站上站满了人，车辆已被拦在警戒线外。

自2008年的春运起，广场的大棚搭得很长很宽。

越秀公安
110
110
110
越秀公安
越秀公安

■ 广场上的旅客被隔离栏和警察分隔成小块人群。

KFC
和谐春运

■ 部分车次的列车恢复通车，相应车次的旅客正走过武警战士人墙守护的通道准备上车。

■ 政府派公交车送旅客上火车，因挤上公交车的旅客太多，车辆在挤满人群的广场上寸步难行，在完成几次运送后，运送计划被迫取消。

■ 又降温了，武警战士穿戴密实地值班。

■ 军警在分隔人群。

■ 游子归家 —— 咫尺天涯的期盼。

■ 在经历长时间等待后，这名举包前行的旅客挨近了进站口，忙打电话给家里报喜："我很快能坐上火车了……"再等了几个小时后，他终于坐上了回家的列车。

■ 在寒风冷雨中疲惫不堪的候车旅客，有生病、体力不支的被安排到紧急救护处。这个女孩晕倒后，人群中无数双手托起她送到紧急救护处。

镜头前的温暖

■ 武警战士帮助老人进站。

■ 警察彬彬有礼地回答旅客问路。

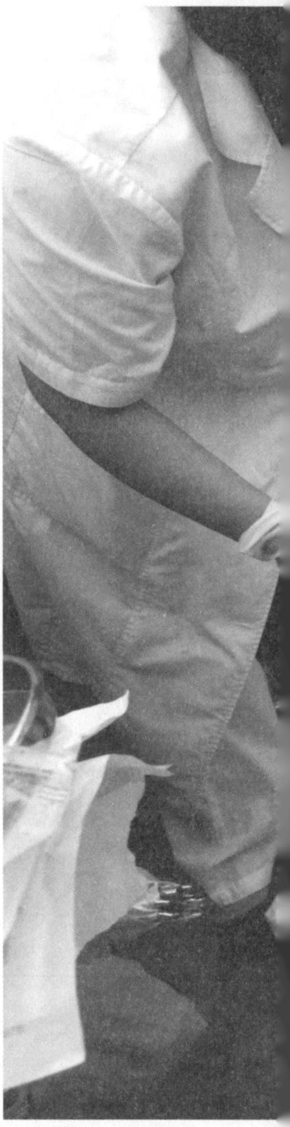

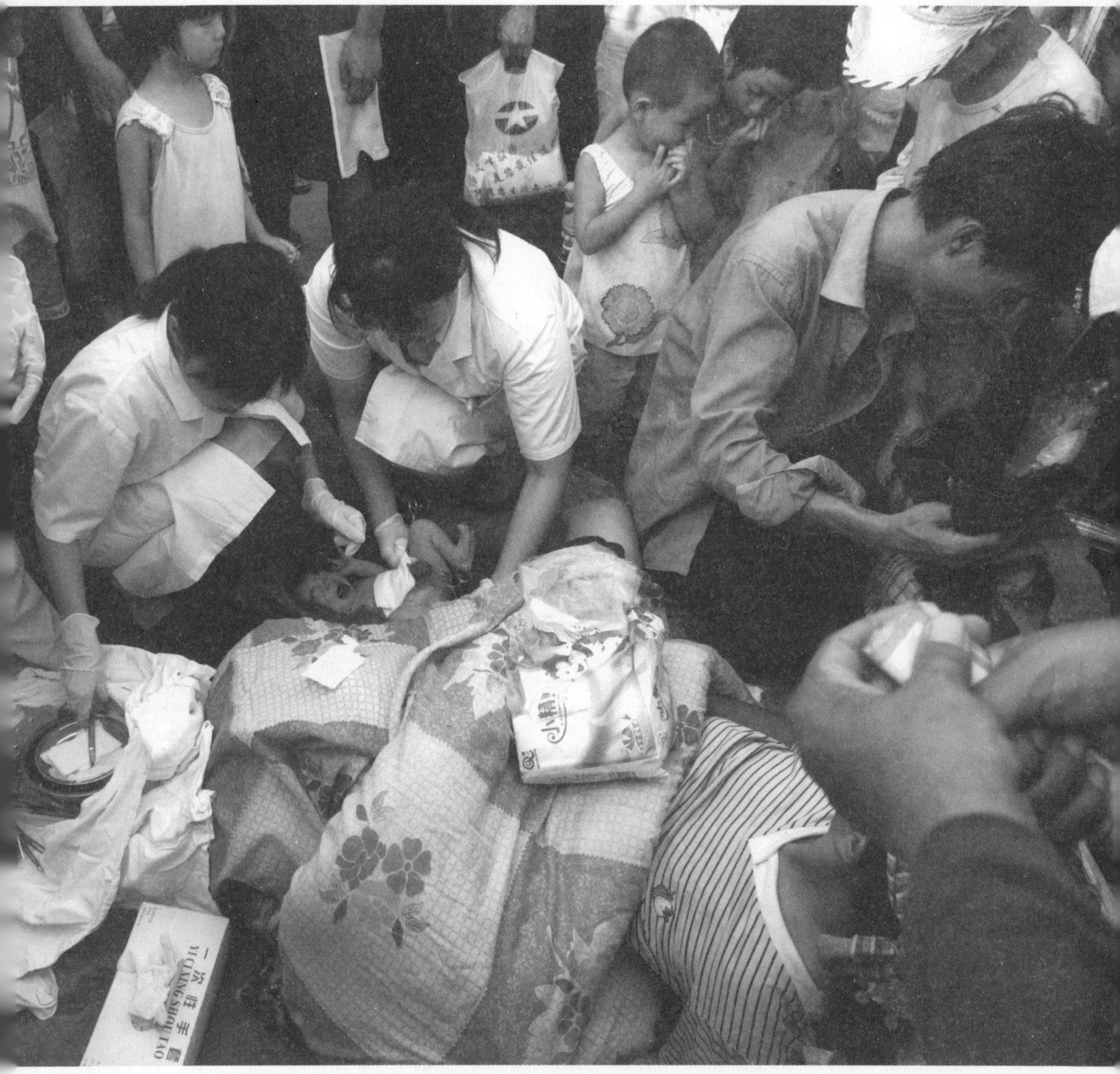

■ 一名孕妇在火车站广场上临盆，周围的人为她找来120医护人员，并围成一圈守护在她周围。

广州火车站蝶变

现在，广州火车南站已落成启用，它是广州的客运特等站，也是在建的京港高铁、广珠城际轨道交通、贵广铁路、南广铁路、广佛肇城际轨道交通的交汇点，并且是目前武广客运专线的三个始发站之一。

广州南站建成后，将会取代现有广州站的地位，并与广州站、广州东站和广州北站共同形成由中国铁道部规划的全国铁路四大客运中心之一——广州铁路客运枢纽。预计2020年客运发送量为8014万人次。广州火车南站投入使用将会借鉴火车总站的管理整治经验，在和谐的氛围下大放光彩。

广州火车站从2009年起围蔽装修，原先的黯淡陈旧已经改变成现在的美丽装束。每年的春运，这个老站点迎来送往的人依旧那么多，回家的人们和返工的人们永远是这里的主角。那些混杂在人群中行不法之事者，在广场上不断提醒旅客小心防范的广播、无处不在的巡视下销声匿迹。现今的广州火车站，刑事案零发率的时间不断延长。行走在今天的车站广场上，会感觉到过去未曾有的安全和悦目。

广州站
2011年05月02日 星期一 15:54
请持有车票的旅客在开车前两小时进站候车
学发展观 进一步开创铁路现代化建设新局面
射、刀具、铁利器等危险品、违禁品进站上车，进入站区

■ 现在的公交车站，规划清晰，秩序井然，那些卖香口胶和警察“躲猫猫”的孩子已不见踪影。

纵横交错的雨棚，缓解了在烈日、冷雨中赶路的辛苦、疲惫，给旅客带来一份轻松与惬意。

P

■ 一老一少赶火车。

180
529
862 862B
550 840
234 807
807A 夜45
254 803
夜15
出口
广州火车站总站

时光飞逝，回顾广州火车站的沧桑变化，令人感叹！

进站口旁、广场大钟下临建的小房子旁，老照片里一名吸毒者在此倒毙被抬走。现在小房子已被拆掉，路面整洁，进站口的旅客在有序地排队。两棵大榕树曾是吸毒者和混混、盲流们晚上露宿的场所，白天吸毒者们和混混将铺盖杂乱地摆放树杈上，树下是他们聊天闲坐吸毒的地方，一地的针头。今天大榕树已长得十分粗壮，有时树下坐着等车的旅客，有时被围起来保护。东广场栅栏边，昔日曾有两个流浪少年在此“埋锅做饭”，这些在广场上混的孩子后来有的被政府部门送回家，有的进了工厂。黑公话、黑磁卡电话被取缔，越秀区政府旅客服务中心的设立，断了许多不法者的财源。因警方大力打击，活跃在出站口的“背包党”自2005年下半年起基本消失。火车站东广场旁的公交车站场，曾是卖假香口胶的小孩和控制他们的大人、偷窃行骗者活跃的场所，一片混乱，险象环生，如今这些人已在这里“混”不下去，混乱不再，站场有工作人员在维持秩序。以往的出租车通道，出租车乱窜，秩序混乱，吸毒者随地打针行走，时常发生车祸，现在的出租车排列整齐行进有序。阿牛带我走过的通往走马岗毒窝的天桥现已全桥围蔽，并安装了监控头，有保安巡逻，早已不再是惊心路。2002

■ 2009年春运，广州火车站入站口挤满了等着回家过年的乘客。

■ 2009年春运期间，这里比往年更体现出人性化，广州火车站广场全搭上了遮风挡雨棚。

年底广州地铁2号线开通，衔接广州火车站的地铁口和通道立即成为吸毒者、盲流们注射毒品、乘凉取暖、睡觉、排泄的场所，乌烟瘴气，臭气熏天，现在已清理干净，整洁有序。

尤其是春运时，广场大屏幕下，总是有许多旅客。送行的人们依偎在一起，深情地告别。忘情的时刻，在以往没有那么多警察和保安，尤其在警察和保安视线之外时，很快有不法者借机行窃，美

好一刻很快变成痛苦记忆，有人还会嚎啕大哭。现在可见到四处巡逻的警察，还有高音喇叭在不断提醒人们。素质大为提高的警察、武警、志愿者、铁路员工无处不在。警察回答旅客问题时比以前更耐心礼貌，还能看到执勤的武警战士拿着行李帮助老人进站。

自2000年《南方日报》刊登《茫茫人海见毒瘤——发生在广州火车站及周边触目惊心的一幕》的报道后，到2010年春节，广州火

■ 志愿者给旅客指路。

■ 火车站东广场上的公交站场的工作人员在指挥车辆出入。

■ 旅客咨询中心免费开水供应点的工作人员给一名女乘客递去一杯热乎乎的开水。

■ 民警在回答旅客问题。

车站历经整治发生了根本改变，《南方日报》2月8日做了一个回顾版《十年蝶变》。

2010年，是广州站试行火车票实名制的第一年。为顺利实施实名制，广铁提前在1月28日做了演练。广场上也提前搭起长长的大棚，旅客检票后进入大棚，再经第二道——安检关上车，分段检票、安检让实名制得以顺利实施。

这一年广州最大的盛事是举办亚运会。为确保亚运期间出行安全，警方在广场上举行了安保反恐反劫持演习。2008年雪灾危机促使广州火车站更加重视“有备无患”，不论是火车票实名制实施的预演或是亚运反恐演习。亚运让整个广州都变得美丽，亚运推动了广州火车站加速变身，打造出蕴含现代管理元素的美丽装束。广州火车站向参加亚运会的国内外旅客展示了安全、有效率而又闪亮的一面。

2011年，越秀区政府继续加强对广州火车站的综合治理。为改进火车站的治安和环境，11月份做了工程施工安全专项整治。12月22日起对在广州火车站广场和周边如汽车客运站一带乱摆卖的摊档联合整治，维护这一带的市容和安全秩序，保证2012年流花地区的春运安全。上半年在广场上还可见零星的小摊贩，现已不见踪影。

2012年春运时，大棚搭得比以住更大更长，正适合多雨的天气给更多的旅客遮挡。那些天广州阴雨绵绵，广州火车站原先每逢大雨就会水浸街，现排水系统已完善，不必担心再出现这种情况。候车的旅客还可以到火车站近旁的草暖公园休憩，洁净的公园内花草树木之中，能让旅途开始前的人们度过一段放松的时光。分流在琶洲候车点的旅客可就地休息候车，有茶水盒饭供应，有保安值班，

琶洲点在室内不必受风吹雨淋，并在开车前两小时有一班免费地铁送达车站。通往广州火车站的地铁（为2号线5号线交汇处）已开通，加上火车站东广场旁原来的公交站场，交通比以往更加便利。

2012年在广场上到处可见警察、武警、志愿者、铁路工作人员，还有许多被称为“羊城暗哨”的便衣民警在火车站广场及周边执行任务。春运伊始，我就见到一个吸毒者正要往火车站广场走，在西广场边缘的邮局门口即被便衣“截获”。这次春运还多了来自穗、湘两地的女特警，她们耐心亲切，虽年轻，大多却已执行过大的安保任务，是春运中一道靓丽的风景线。广场上的警察彬彬有礼地引导旅客，比以往任何一年都谦和细致。从2008年春运后，志愿者们开始指路、扶助旅客等，作用越来越大，不可或缺。广场上还增加了越秀区政府和广铁的免费开水供应点。2012年1月15日起，广州火车站迎来了春运的第一场雨，绵绵细雨，打湿了一些没有带

■ 武警战士在回答旅客询问。

伞和雨衣的旅客；在广场上武警战士、志愿者们派发免费雨衣、鞋套，协助旅客穿戴。旅客们得到的服务比以往更温暖贴心，笑脸也多了起来。

广州火车站历经整治改善和乱象再起的反复拉锯，直到2005年警方增加警力、采取连续打击盗抢犯罪等措施、划归越秀区政府统一综合治理才根本逆转。和以往突击运动式治理打击不同，从2005年起，政府部门和警方的整治从未停止过，广州火车站的治安环境越来越好，人情味越来越浓。

这一个春天，站在人潮如织的火车站广场上，目送回家的人们，我为广州火车站的成熟和美丽感到欣慰，也为她的美丽变身不懈努力而默默无闻的人们感动！

8:00-21:00
5
6

后记

甘当一只关注底层的新闻猎豹

我于2000年报道的广州火车站吸毒群体的新闻，在社会各界引起很大反响，一度成为新闻热点。经有关部门进行整治，广州火车站一带的社会安全度明显提升，吸毒者基本都被抓去强制戒毒。

能够作一点点贡献，我感到很欣慰。为此，我一直没有放弃关注广州火车站的情况，更没有忘记关注吸毒者的生活状况。接近他们是危险的，然而没有毒瘾发作、缺乏毒资之时，他们和普通人一样，也有友情和普通人的思家之情。每次经过火车站，我总不由自主地深入观察广州火车站的底层社会。在那里，我会时不时看到一些吸毒的老面孔。他们每况愈下，病入膏肓、奄奄一息。如果有段时间看不到那个人，我就想他肯定死掉了，比如阿钟、黑妹、阿牛、大姐大刘永。他们死之前我大都见过，瘦如干柴、举步维艰。他们的尸体一律躺在这个城市某个肮脏的角落。

在我报道后的两年，广州火车站治安确实好了很多，但乱象也一度死灰复燃。当我再次下定决心用镜头追踪丑恶时，虽然更有经验，相机也先进许多，但困难也更大，危险也更大。

以前，我是秘密的拍摄者，是“独行侠”。但后来，我的身份已公开，并已成家有妻小。刚开始我的拍摄遭到家里人的强烈反对，不单是我的个人安全受到威胁，还包括整个家庭。

有些同事和好友知道后都好言相劝，说你没必要再去冒险，多照顾好家人，许多社会问题不是一个人能解决的，算了吧。但是我决心已定，没有作罢。我觉得很有必要再冒这个险，我要尊重自己的内心。

我想，我之所以下那么大的决心去坚持采访拍摄，主要动力是不忍心看到那么多的旅客遭受不幸，不忍心看到瘾君子自甘堕落。可怕、丑恶的一幕幕经常在我的脑海里回旋，并已刻下很深的烙印。火车站一带的卫生状况很差，假货很多，我从来不敢在那里买东西吃。但我还是忍着饥饿继续拍摄，因为，我担心会因此错失什么重要的镜头。我了解自己，我的愿望就是当一只关注底层的新闻猎豹。

在这次跨度10年的采访中，我收获了，也收到了许多温馨和鼓励。回想起来，不少细节至今让我感动：我在火车站拍照片又饿又累，家人每天都做好可口饭菜等我回来。除了家人，很多同事领导都再三嘱咐我拍摄时要注意安全。即使同事的那些玩笑话，也会让我温暖老半天。他们每次见我回到办公室，都会笑着说："恭喜你又活着回来啦！"我还认识不少像便衣老莫那样的朋友，因为他的缘故，我在第一次与"瘾君子"打交道时相当顺利。我热心的同事接下来还对老莫做了专访，写了像亚洲神探之类的故事。

真的很感谢家人的理解与支持，很感谢领导、同事、好友的帮助与鼓励，感谢全社会的关注与关心。有了你们，我才能走到今天。感谢范以锦、张翼飞、周洪威、刘志一、杨宇红、严亮、李楠、朱淑萍、秦文刚、张素圈、孙蕴佳、胡亚柱！

通往安宁和幸福之路总有许多荆棘，保护和珍惜安宁幸福永无止境，这也意味着，我会一直关注下去，揭露阴暗，追求美好，而这也正是我生活的全部意义所在。